破蕾

HARAI

Ubukata Tow

冲方丁

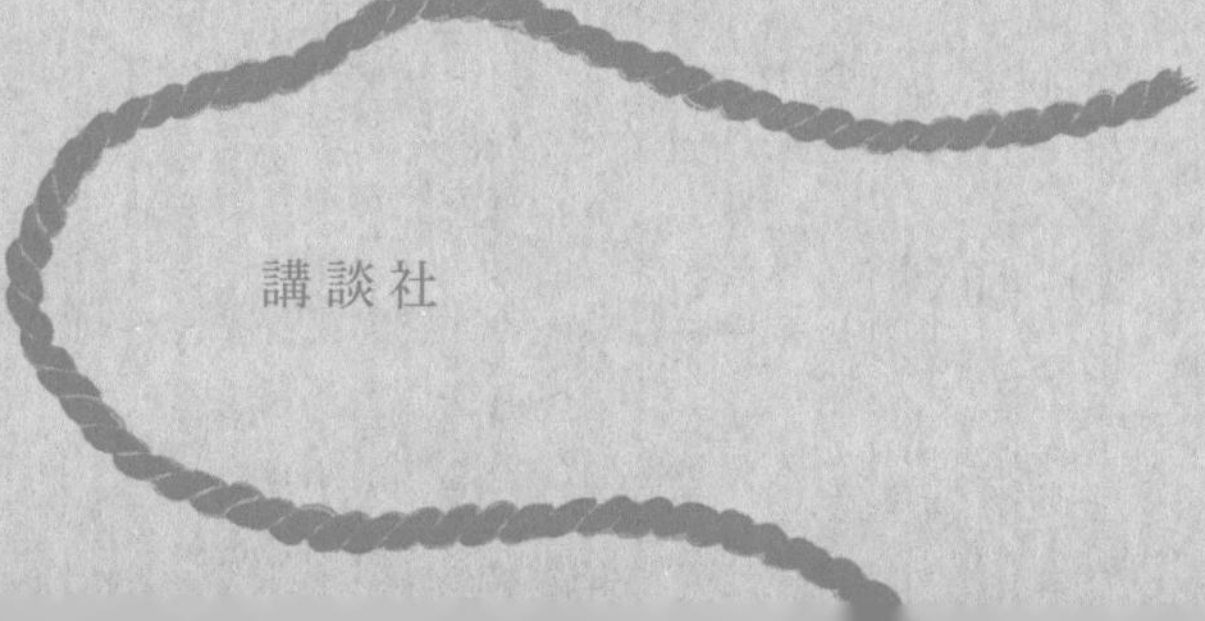

講談社

目次

装幀　高柳雅人
装画・挿画　山科理絵

破蕾

咲《さき》乱《みだ》れ引《ひき》廻《まわ》しの花道

一

（……ああ、まったく、武家の娘になど生まれるものじゃない）

お咲《さき》は下女《げじょ》や下男《げなん》たちとともに賑やかな日本橋《にほんばし》を渡りながら、しきりに心の内で愚痴《ぐち》を繰り返していた。そんな風に考えたところで仕方ないとわかってはいても、気づけば同じことを延々と考えてしまう。誰にも言えない悩みというのは得てしてそういうものだろう。

そのせいで空は晴れやかだが心はどんよりしっぱなしだ。往来する大勢の人々も橋の下を行き交う船の群も活気に満ちているのに自分だけ沈んだ顔をしている気にさせられるのだった。

原因ははっきりわかっていた。このところ習い事に少々疲れているのだ。といっても、二十一になるお咲自身が習うわけではない。商家《しょうか》の娘たちに礼儀作法や三味線《しゃみせん》などを教えるのである。

自邸《じてい》ではなく、わざわざ商家屋敷や長屋に出向かねばならない。教えるのは十四、五の娘たちだが、たいていお咲よりずっと着飾っている。かんざし一つとってもお咲には手が出ない品《しな》を平然と髪に挿《さ》しているし、お咲の一族が年に一度行けるかどうかという料亭で、毎月のようにご馳走《ちそう》を口にしている。豪勢な衣食の話題を普通のことのように話す娘たちと付き合うというのは、とにかく気疲れがするものだ。しかも、それを夫に愚痴れば我が家の暮らしに不平を言うのかと角《かど》が立ち、家の者に愚痴れば奥様が町娘など羨《うらや》むべきではないと諭《さと》される。

なんともやるせない気分にさせられる。

その上、商家の繁栄ぶりを見せつけられるだけならまだしも、お咲が心を乱されるのは、商家の娘たち特有の自由気ままな振る舞いにあてられるからだ。町人も庶民も、とかく武家の娘からすれば考えられぬほど奔放《ほんぽう》である。婚儀《こんぎ》の日まで貞操《ていそう》を守るといった観念は皆無《かいむ》といっていい。習い事の最中に、色恋どころか好《す》いた男との床《とこ》のことまで話してお咲を赤面させようとするほどだった。

そういうとき、お咲は馬鹿にされまいと凛然《りんぜん》として応答する。そもそも男女の交わりなど、何ほどのことかと思っている。子をもうけるための手段に過ぎないのだし、男に好き勝手に己の体を求めるような真似は決して許さない。ましてや男を喜ばせるために床でおかしな声を上げるなど、少なくともこの自分においてはあり得ないと信じている。

声を殺して交わり、衣擦《きぬず》れの音ばかりが夜のしじまに聞こえる。終われば互いに無言で後始末をし、翌朝、夫が目覚めたときには自分はとっくに化粧《けしょう》を済ませ、夜の床のことなどなかったかのように振る舞う。そういう考えを、きっぱり口にするのだが、商家の娘たちは感心するどころか、きゃあきゃあ笑って騒ぐのが常だ。

何が面白いのか、お咲にはさっぱりわからない。だいたい、そんな風に自分が騒げば折檻《せっかん》されるのが常だった。柱か庭の木に縛りつけられ、さんざん叩かれ、桶で水をぶっかけられ、泣きわめいても解放されず、縛《いまし》めを解《と》かれたら解かれたで、きつい灸《きゅう》を据えられる。

だがまさか商家の娘たちに、そうした折檻ができるわけがない。そんなことをすれば、娘たちは怯《おび》えるか怒るかし、子に甘い親に頼んで習い事をやめてしまうだろう。そうなると、お咲が得られるゆいいつの収入がなくなってしまう。いまどきの町娘たちの華やかさにすっかりあてられながら、平然としたふりをして耐えるしかない。それが、御家人《ごけにん》たる岡田《おかだ》家に嫁《とつ》いだお咲の現実だった。

五つ年上の夫は、南町奉行《ぶぎょう》の内与力《うちよりき》の一人である岡田鉄心《てっしん》の甥《おい》にあたる。自身も一応は与力の身である。一応、というのは、岡田家は一族揃って馬鹿正直な頑固者《がんこ》で、まともに家計を維持できたためしがないからだ。扶持《ふち》などたかが知れているくせに、ちょっとした袖《そで》の下も受け取らない。諸藩や町家の贈り物もことごとく断る。結果、八丁堀《はっちょうぼり》に拝領《はいりょう》したお屋敷の維持もままならず、お咲が嫁入りしたときの持参金《じさんきん》などあっという間に使い切り、下男下女への支払も、正月や節句の調度《ちょうど》にも困るという有様《ありさま》だった。

（……まったく、金子《きんす》の工面《くめん》もできない夫を持つもんじゃない）

誰にも言えない思いを抱えながら、お咲は門番に愛想よく頭を下げつつ、小伝馬《こでんま》町《ちょう》にある堀に囲まれたお屋敷の表門をくぐっていった。

お咲が入ったお屋敷は、旗本《はたもと》・石出帯刀《いしでたてわき》が拝領したもので、世間一般では、牢屋敷として知られている。牢といっても、まだ吟味《ぎんみ》中でお裁きを待つ者がほとんどだが、死罪が確定すれば敷地内で速《すみ》やかに執行されることになる。

表門は南西側にあった。裏門は北東側にあり、通称を地獄門《じごくもん》という。そこから屍《しかばね》が運び出されるのだが、呼ばれ方はおどろおどろしくても外見はむろん普通の頑丈《がんじょう》な門に過ぎない。

表門から練塀《ねりべい》に囲まれた敷地に入ると、真ん前に、何だかどこもかしこも四角い建物が、でんと建っている。そこが役所で、事細《ことこま》かに吟味が行われるので穿鑿所《せんさくじょ》と呼ばれているという。そのいかにも四角四面といった建物の周囲に、かえって息苦しくなるような狭い庭がある。まともに庭が作れないのは左右と奥に白塗りの壁が設けられているからで、左手の壁の向こう、敷地の北側から西側にかけて、庶民や女が入る牢、あるいは五百石以下の武士、僧や神職《しんしょく》の者が入る牢が厳密に区分されて並んでいるのである。

逆の右手の壁の向こうに役人たちの長屋と石出家の屋敷がある。お咲の用事はそちらにあった。叔父と夫に代わって、役人たちに弁当を差し入れに来たのである。

なにゆえそんな真似をしなければならないのかといえば、町奉行は時期が来ればお役目が変わるが、牢屋敷の石出家や町方の与力や同心《どうしん》は、もっぱら世襲《せしゅう》でずっと同じ職にある。当然、町方の者のほうがお勤《つと》めについて理解が深い。彼らにしかわからぬ事情、動かせない人脈といったものが存在する。下手をすれば町奉行をただのお飾りとみなし、勝手に行動されてしまうので、そうならないよう、町方の歓心《かんしん》を買うためあれこれ気遣いをする。

（……とはいえ、なんでわたしが）

愛想よく役人に挨拶《あいさつ》をしながらも、お咲は内心でうんざりしている。

夫か叔父がやるべきことなのに、二人とも人心《じんしん》を買うということが苦手で、たいていお咲に押しつけるのだ。今朝も夫は、高貴な方が関わる難儀《なんぎ》なお裁きがあるとか何とか言って、牢屋敷への差し入れの手配をお咲に任せ、ばたばたと出ていってしまった。

夫がここ数日、叔父とともに何かのお役目で奔走《ほんそう》していることは知っていたが、お咲からすればまたぞろ下手な言い訳をされ、面倒ごとを押しつけられたとしか思われない。

そんなわけで下男下女に弁当を運ばせ、役所の同心たちへ慇懃《いんぎん》に挨拶したら、さっさと帰るつもりだった。八丁堀の自邸へ帰る前に、せいぜい気晴らしに商店でも冷やかしていこう。できれば芝居を見に行きたいが、それはもう少しへそくりを貯《た》めてからだと自分に言い聞かせていた。

だが、そこでなぜか役所の一室に案内された。

行くと小さな膳《ぜん》に茶と甘酒と菓子が置かれている。びっくりしていると、同心の一人に、下男下女には土間で茶を振る舞うのでどうかご安心召されますように、などと言われた。

（……あらまあ、ことのほか手厚いこと）

内与力の身内ということで気を遣ってくれているのだろうと思ったが、茶ばかりか甘酒までつけるというのはどういうしきたりかと首をかしげた。菓子はそこらの駄菓子ではなく、なんと上方の羊羹《ようかん》である。たった一棹《ひとさお》で銀一匁《ぎんいちもんめ》はする超高級菓子だ。こわごわ食べてみると、これがまた味わったことのない甘さで、勿体なくてすぐには飲み込めず、口中にじんわり沁《し》みる甘味にうっとりとなった。

（……女が来るとわかっていたのかしら）

せっせと羊羹を平らげながら、ふとそう思った。茶も甘酒も申し分ないどころか、二度と口にできないのではと思われるような上等なものだ。この特殊な役所に、女が用事で現れるというのは滅多にないことなのだろう。それを、どうにかして歓待《かんたい》しようとする様子が、この高価な品づくしの膳からうかがえるのである。

だが、ここまでもてなされるとかえって気味が悪い。それに、部屋に一人っきりで置かれたままでは歓待も何もないではないか。遠くから聞こえる蟬《せみ》の声の他は、しんとして物音一つしない。なんだか急に居心地が悪くなってきた。美味しいものはしっかり食べたのだから、さっさと退散したかった。

「失礼いたす」

唐突に声がわき、戸が開いた。

びくっとなって振り返ると、一目で与力とわかる出で立ちをした男が、両膝《ひざ》を揃えてこちらを覗き込むように見つめてきた。

好《い》い男だった。江戸の男の中で、女の人気を集めるのは、与力に火消しに力士と相場が決まっている、と町娘たちが言っていた。それはどうだろう、とお咲は夫を思い浮かべながら疑問を抱いたものである。夫も与力だが、木訥《ぼくとつ》で粋《いき》とはかけ離れている。

だが今、目の前になるほどと思わせる与力がいた。

歳は三十半ば頃だろう。綺麗に手入れがされた涼やかな顔が、ぴりっと伸びた背筋の上に載《の》っている。体軀《たいく》もしっかりしてはいるが、ごつごつとした様子はない。長身のせいでむしろ柳のような細身に見える。それがまた町娘たちの好みであることをお咲は知っていた。自分にもそういう好みがあるということを、このとき初めて知った。

思わずぼうっとなって見つめていると、男がすっと膝を進め、戸を閉めた。

怖いくらいの丁寧さである。目はひたとお咲に向けられており、何だか思い詰めたような眼差《まなざ》しだと感じた途端、お咲は先ほどとは異なる居心地の悪さに襲われていた。自分よりずっと年上の男に凝視されるというのは、それこそ滅多にないことである。なぜか自分が恥ずかしいことをしたかのように頰が火照《ほて》った。もじもじと手が勝手に袖をいじっている。相手が何も言わないので、こちらも何を言えばいいかわからなかった。

「あ、あの……」

お咲の口から困惑の声がこぼれると、男がはっと我に返ったように慌てて名乗った。

「や……失礼。それがしは、吟味方《ぎんみかた》の与力、坂部誠十郎《さかべせいじゅうろう》と申す者にござる」

「あ、はあ……どうもご丁寧にありがとうございます。わたしは岡田から言われて参りました、咲と申します」

「岡田様から言われた、と」

「あ、はい。先ほど弁当を……」

「一件について、岡田様やお奉行様よりお聞きなさっていると思ってよろしいですか？」

お咲はまるで意味がわからないまま、

（……いったい、なにごと？）

高価な茶菓子を振る舞われたことの裏に、何かがあるのだと察した。坂部誠十郎というこの男の様子からして、何か尋常でないことのようだ。今さらのように胸騒ぎがした。

「あの……わたしは、ただ、ここに遣《つか》わされただけで……」

「では、どこまでお聞き及びでしょうか」

「どこまでと言われましても……。何かあったのですか？　一件というのは何のこと……」

お咲の声が尻すぼみに消えた。誠十郎がぐっと両肩に力を込めて顔を伏せ、

「なんということだ……」

と呻《うめ》くような声をこぼしたからだ。

お咲はただ、呆気《あっけ》にとられるばかりであった。

二

この夏、江戸で一つの事件が起きた。

とある裕福な商家の男が、のちの世にいう〝御家人株〟を買って武家になった。

これは、御家人の中でも特に低位の、抱《かか》え席《せき》と呼ばれる一代限りの身分を与えてもらうよう、金と引き替えにしかるべき御家人に頼んだ、ということである。

晴れて幕臣《ばくしん》の身となってのち、男は妻帯《さいたい》した。美しいと評判の、身分のある女であったという。

祝言《しゅうげん》を挙《あ》げて数年が経ったある日、妻となったこの女が、男を殺そうと決めた。屋敷に出入りする女中と按摩《あんま》を企みに引き込み、男に毒を盛った。だが男は死なず、病んだだけであった。ならば自らの手でしてのけようと決めた女は、病んで動けぬ男を懐刀《ふところがたな》で刺し殺そうとした。しかしすでに男は毒を疑い、女中と按摩を金で喋らせ、全て女の考えであったことを知っていた。そうしてある晩、女が懐刀を忍ばせ、男を介護するふりをして刃を抜いた途端、隣室に控えていた者たちが一斉に女を取り押さえたという。

「翌朝、一件が奉行所に訴えられた。我らによって詳しい吟味がなされ、女はお裁きを受けることとなった。だがそこで、ことがややこしくなったのだ」

なんと女の父親が、減刑を訴えてきたというのである。

それも、吟味方が把握していた父親ではなかった。女は養女だった。血を分けた本当の父親が出てきたのである。

「それが……なんとしたことか、御三家《ごさんけ》のお血筋の方でな。女は、いわゆる妾腹《めかけばら》の生まれであったのだ」

深刻な顔で語る誠十郎に対し、お咲は何の実感もわかず、

「まあ……」

としか返せないでいる。

とはいえ、完全に初耳というわけではなかった。江戸の庶民はそうした騒ぎが大好物である。夫を殺そうとした妻の噂は、すでに尾ひれがついて広まっており、お咲も町娘たちからいろいろな憶測とともに聞かされたものだ。しかし、自分にはとんと関係がないことなのである。裕福なのに何が不満だったのやら、ちょっとは我慢すればいいのに、という程度の感想しか持たなかった。きっと芝居か仮名草子《かなぞうし》のたねになるだろうと考えると、現実のことであるという感じもしない。

「お裁きを覆《くつがえ》すようなことはできぬ。だがそのお血筋の方は、せめてもの慈悲《じひ》をと言ってきかない。御老中《ろうじゅう》様たちまで巻き込まれ、ついには尋常でないお沙汰《さた》がお奉行様のもとに下されることとなった」

「放免《ほうめん》なさるのですか?」

所詮《しょせん》は家がものをいう世の中なのだと思いながらお咲はそう口にした。

誠十郎は、そんなことがまかり通ってはならないと言わんばかりに首を横に振った。

「いいや、死罪は免《まぬか》れぬ。今日、このお屋敷のお仕置き場にて斬首《ざんしゅ》となる。だがそれに至るまでに負わねばならぬ属刑の段については、身代わりを頼むように、とのお沙汰だ」

「身代わりとは、何の……」

訊いた途端、漠然とした予感めいたものが去来《きょらい》し、ぞっと寒気がした。暑い夏の日のさなか、背に冷たい水を流し込まれたような感じだった。

「市中引廻《しちゅうひきまわ》し」

誠十郎が重々しく告げた。そして、身をすくめるお咲を見つめながらこう続けた。

「お奉行様が、身代わりを探すよう、内与力の岡田様に直々《じきじき》にお命じになった。身代わりには、そのお血筋の方により、慰労金が支払われる。その額、なんと百三十両だ。だがそれほどの大金をもってしても、引廻しをよしとするおなごなど、市中くまなく探しても見つからぬ。遊女《ゆうじょ》や尼僧《にそう》にいたるまで、くだんの女の代わりが務まる者を求めたが、応じる者はなし。岡田様はご下命《かめい》を重んじ、いざとなれば身内の者を遣わしてでも、お沙汰にお応えせんとおっしゃったのだ」

お咲の顎がかくんと落ちた。同時に、先ほどの悪寒が全身に広がり総毛立《そうけだ》った。どちらの岡田か。夫か叔父か。ご下命というからには叔父か。いや、夫が知らぬわけがない。

馬鹿正直な二人の武士が、無茶な務めを果たそう果たそうとして惑乱《わくらん》するさまが目に浮かぶようだった。惑乱の果てに、とんでもない決断を下した。信じられなかった。だが夫と叔父に限っては、さもありなんと考える己がいた。

先ほど平らげた美味しい羊羹の味が思い出された。この場で吐いて、これはお返ししますと言ってやりたかった。思わず座布団から腰が浮いた。その動作を完全に読んでいた誠十郎が、素早く片膝を立てた。

気づけば誠十郎の右手がおそるべき速さで伸び、お咲の右手首をつかんだ。ただつかまれたのではない。お咲は自分の右手に、早くも縛めの感触がわいたことに驚愕《きょうがく》した。

見れば赤い縄が輪になってお咲の右手にかかっている。いったいどこから縄が現れたのか。誠十郎の右肘《ひじ》だ。袖の内側で、己の腕に、あらかじめ緩めた縄の輪をかけておいたのだ。そして相手の手を取ると同時に、輪を移しかけるのである。縄の輪は〝蛇口《じゃぐち》〟と呼ばれ、まさに蛇が躍《おど》りかかるような速さでお咲の右手首に食いついていた。

前のめりになるお咲の背後へ、誠十郎がするりと回り込んだ。蛇口をかけたお咲の右手を背へと引き、その腕の付け根を左手で押さえて組み伏せる。

お咲はどっと倒れ、畳《たたみ》に顔と上半身を押しつけられた。驚きと倒れた衝撃とで息が詰まって声も出せない、と思ったが、そうではなかった。首に縄がかかっていた。喉元を縛められたせいで息が詰まったのだ。

誠十郎は背後に回るや、お咲の右手にかけた縄の残りの束を、右袖からさっと出していた。それを右掌《しょうちゅう》中で広げ、鮮やかな手際で繰り出したのだ。

お咲の左肩側から首に縄をかけ、右肩側から縄を引き、咽《のど》を押さえる。そうしながらお咲の右腕を押さえていた左手を、左腕へと移す。お咲の左手首を、誠十郎の左手がぐっとつかんだと同時に、首を回ってお咲の背で交差した縄が、左手首にかけられた。ついで縄の残りが、縄の交差した箇所に巻き付けられ、一瞬で引き締められる。

お咲の両手が接近し、後ろ手に縛られた状態となった。またこのときには誠十郎に馬乗りになられ、まったく身動きが取れなくなっている。

与力・同心が得意とする武技、〝捕縄術《とりなわじゅつ》〟における初歩の技であった。ものの数秒とかからず相手を捕縛する、逮捕早縄の型の一つである。

相手の背後に回り、組み伏せることを基本とし、相手への縄のかけ方の違いで様々な型にわかれる。また、背後から相手の肩を膝で踏む、耳の下の急所である独古《とっこ》を押すなど、相手の腕力に合わせて押さえつけ方も様々だ。

誠十郎は、相手が上役の一族であり、女であり、さらには何の罪もないとあって、大いに手加減をして縛《ばく》につけたつもりであった。

だがお咲にとって——いや、庶民も武家もひっくるめた万人にとって——縛につけられるということは、それまでの生を全て否定されるということを意味する。手加減をされたからといって、決してその衝撃が和《やわ》らぐものではない。

(……わたしは死ぬんだ、頑固な甲斐性なしの男どものせいで、石部金吉《いしべきんきち》の馬鹿野郎どものせいで、ここで殺されるんだ)

お咲の頭をそんな考えがぐるぐる巡り、両目から大粒の涙がぼろぼろこぼれ落ちた。

「死にはせん。身代わりに市中を引廻されるだけで、誓って斬られるということはない」

誠十郎がくどくどと説明し、後ろ手に縛られた姿で座り込んで泣きじゃくるお咲の頬や目元を手拭《てぬぐ》いで優しく拭った。

良い匂いのする手拭いだった。好い男が与力になると、上方のように香を焚《た》き染《し》めるなどして着物や手拭いにまで気を遣うのだなと、お咲は泣きながら妙に感心した。

お咲の涙が引かぬまま、誠十郎は彼女を役所の建物から別の場所へ移動させた。

誠十郎の指示で人払いがされ、縛につけられた姿を屋敷の者に見られなかったのがせめてもの幸いだった。

移動した先は、白塗りの壁の向こう側である。牢が並ぶ敷地の南西側であり、てっきり女牢に入れられるのかと思ったら、牢の前にある大きな蔵に誠十郎とともに入った。

がらんとした大きな蔵だった。

窓がない代わりに天窓が一つあり、そこから夏の日差しが光の柱のように差し込んでいる。ほとんど土間だった。壁際に菰《こも》が束にして置かれており、暗がりに平たい石や三角形に削られた棒のようなものが積まれている。そちらからは得体の知れない臭気《しゅうき》が立ち上っていた。数多《あまた》の人々がそこで拷問《ごうもん》されたのだということをお咲は知らない。そこは牢屋敷の西に位置する、拷問蔵だった。

一隅《いちぐう》に座敷があって灯《あか》りが点いており、そこだけ畳が青々として妙に清潔な感じだった。座敷のそばには竈《かまど》があり、火が焚かれて蓋をされた鍋から湯気が上がっている。

お咲はその座敷に上がらされ、柱に縛りつけられた。子どもの頃の折檻が思い出されたがそのときにはもう涙は引いていた。誠十郎が親身になって安心させようとしてくれるのが功を奏したのだ。

「お家のため。御政道《ごせいどう》のお役目のため。今日一日の辛抱《しんぼう》だ」

それで百三十両もの大金が支払われるのだと繰り返し言われた。

お咲が嫁入りしたときの持参金の倍以上である。そんなお金が手に入ったなら芝居など見放題だ。

「道々、何かと融通も利く。茶菓子や酒が欲しければ買うこともできる」

これは特例ではなく、通常、死出《しで》の旅路においては路銀《ろぎん》が役所から支払われるのだという。囚人《しゅうじん》はその金額の範囲内であれこれ頼むことができる。ときには金で買えないものも検視役の与力の差配《さはい》次第で都合がつくらしい。

「望めば、恐れを打ち消す薬湯《やくとう》も飲める。芥子《けし》の汁のことだ。それを飲むと斬首のときですら朦朧《もうろう》としていられる。女囚にはしばしば施す。欲するときは、お情けも許される……」

そこで誠十郎が言葉を濁した。どう説明したらいいかわからない決まりごとが色々あるらしい。代わりにお咲が蔵の太い梁《はり》を見上げて訊いた。

「あれは疱瘡除《ほうそうよ》けですか？」

誠十郎が同じ方を見た。何本もかけられた太い梁から縄の束が垂《た》れていた。全て、今まさにお咲が縛につかされているのと同じ、赤い縄である。疱瘡とは天然痘《てんねんとう》のことで、この疫病を除けるには赤い色を身につけるのがいいとされている。

「そうではない。時節によって五行の縄を使い分けているだけだ」

それで納得した。破邪顕正《はじゃけんしょう》のため陰陽五行説《いんようごぎょうせつ》に従っているのだ。

陰陽五行は森羅万象《しんらばんしょう》を関連づける。万物は木火土金水の気によって成り、春は木で青、夏は火で赤、秋は金で白、冬は水で黒。そして土用の日が字義通り土で黄。季節ごとに五色の縄を使い分ける。

何でも答えてくれることで、お咲はますます安心した。先ほど、お情けも許されると言っていた。きっと手心を加えてくれるということだろうと解釈した。

こんな身売りみたいな真似は断じて許しがたかったが、それを誠十郎に言っても無駄なことはわかっていた。お咲も武家の娘である。どうせ逃げられないのなら腹を据えねばならないと自分に言い聞かせるだけの胆力はあった。

「今日一日、辛抱いたします。なんでも言うことを聞きます」

お咲が言うと、誠十郎も励ますようにうなずいてくれた。

そこへ蔵の扉が開き、男たちが入って来た。与力姿の若者、僧形《そうぎょう》で黒衣をまとった老医師、同心の出で立ちが三人、わらじ履きの下男が五人。十人がぞろぞろと現れ、うち下男二人がついたて式の衣桁《いこう》を運んで座敷に置いた。衣桁にはいかにも高価そうな黄縞《きじま》の着物がかけられている。さらに水晶の数珠《じゅず》や緋色《ひいろ》の襦袢《じゅばん》といったものが並べられた。

「あのお着物は……？」

「くだんのお血筋の方から届けられた品々だ。道中、身につけてもらう」

自分が着るのだ。そう思い、お咲はうっとりと着物に見入ってしまった。

誠十郎が、医師を手招いた。

「冗賢《じょうけん》どの。診察を」

僧形の医師が綺麗な禿頭《とくとう》を撫《な》でながら座敷に上がり、お咲を覗き込んだ。六十は過ぎていそうだが驚くほど皺《しわ》が少ない、ふくふくとした面相《めんそう》の男だ。

「なんと可憐《かれん》な。くだんの女囚に並ぶ美しさではないですか。いやはや岡田様が羨ましい。さ、ご安心を。今日は最後までしっかり気を保てるよう、この冗賢が見守っていますぞ」

縛につけられた惨めな姿なのに、いきなり褒めちぎられ、うっかりはにかんでしまった。医師が付き添ってくれるというのも確かに心強い。お咲は素直に感謝した。

「ありがとうございます。どうか、よろしくお願いします」

「ええ、ええ。ようございますとも」

医師の冗賢が無造作にお咲の襟に手をかけ、襦袢ごと左右に押し開いた。お咲の目がまん丸に見開かれ、胸元に空気が当たってひやりとする感覚に首筋の産毛《うぶげ》が逆立った。

(……何をするの!)

一喝《いっかつ》して相手を押しのけようとしたが、後ろ手に縛につけられた上に、喉元もいまだ縛められているため、文字通り己の首を絞めて息を詰まらせた。うつむくことも出来ず、ゆいいつ自由なのは、ぎゅっと目を閉じることだけだ。

はだけられた襟の間で、双《ふた》つの円《まる》いお乳がすっかりあらわになっている。綺麗なお椀を伏せたような形をしており、みずみずしい乳房の尖《とが》りが上を向いている。尖りの先では乳首が萎縮《いしゅく》し、小さめの乳輪の内に隠れたままだ。

「見事なお乳でございますなあ」

冗賢がにこにこして両手でお咲の乳房をゆるゆると撫でた。刷毛《はけ》か何かで撫でられたような微妙な触り方だ。なんとも巧みな撫戯《ぶぎ》だった。医師が行うには淫靡《いんび》に過ぎた。お咲の胸板一面に、ぞわっと鳥肌が立った。

老医師の意外に滑らかで水っ気のある手の感触とともに、男たちの眼差しが注《そそ》がれるのを、お咲は肌身で感じた。武家の娘が医師の診察を受けるときは、極力、肌を見せないのが常である。障子《しょうじ》を隔《へだ》て、紙を小さく切り抜いて患部のみ診《み》てもらうということをする。それなのに今、十人以上もの男の前でさらされ、一人に乳房を撫で回されていた。屈辱のあまり、固く目をつむったまま気が遠くなりかけた。

「お武家の方は触診を嫌がりますがね。これからの道中を考えれば、念入りに診ておくに越したことはありません」

冗賢がそんなことを言いながら執拗に乳房を撫で回し、それから指先を乳輪の辺りで円を描くように這《は》わせ、くすぐったり引《ひ》っ掻《か》くようにした。こうして指先で触れることを掻戯《そうぎ》という。隠れた乳首を出すためだと知れた。ぞっとするようなその感覚に、お咲が激しく顎を左右に振り、ひどく髪が乱れた。

やがて乳首がふっくら顔を出し始めた。冗賢が満足そうにうなずき、二つの淡く色づくそれを指で挟んで軽く揉むようにした。お咲の口から細い悲鳴がこぼれた。

誠十郎が咳払いし、やや嗄《しわが》れたような声をこぼした。

「よもや、身重ということは……」

お咲の乳房の大きさを懸念したのだ。冗賢が乳房を両手でぐっとつかみ、重みを計るようにすくい上げた。こちらもかぶりを振った。

「いえ、これは生来《せいらい》のもの。身ごもれば、たっぷりと乳が出ることでしょうねえ。さて、心気も血脈も健《すこ》やかにございます。腰を診ますので、あぐらにつけて頂けますか？」

「うむ」

誠十郎がうなずき、冗賢と位置を変えた。

さわさわぬめぬめと這い回る手がやっと離れたことで、お咲は安堵の溜息をついた。良い香りがし、誠十郎がそばに来たのだと察した。お咲はおそるおそる目を開いた。

誠十郎がお咲の両足首を、別の赤い縄で縛につけたところだった。左右の足首をひとまとめに縛り、縄を柱にかける。また足首に蛇口をつけ、ぐっと引き絞る。

誠十郎が縄を引くほどに、お咲の両足が持ち上がって胸元に接近した。同時に誠十郎が片方の手でお咲の腰の後ろを押した。お咲は尻と恥骨を同時に突き出すような格好になった。そこを隠すべき裾など、とっくに左右に割られている。

「いっ……、い、い、いやっ、いやですっ……！」

お咲が咽を絞めぬよう柱に後ろ頭を押しつけ、のけぞるようにして訴えたが誰も耳を貸そうとしない。誠十郎が容赦《ようしゃ》なく両足を縛につけ、縄を柱に回して結んだ。お咲は、まるで鉄の棒か何かで固定されたように身動きが取れなくなった。しかも胸乳に続き、股間《こかん》が男どもの前でさらけ出されている。若々しい桃色の女陰《じょいん》も、それを縁取る艶々《つやつや》とした恥毛《ちもう》も、非常な緊張できゅっきゅっとすぼまるえび茶色の菊座《きくざ》も、何もかもがあらわだった。

どこも医師に診られるどころか、物心ついて以来、己の目にすら映さなかった箇所である。お咲は想像を絶する羞恥に襲われ、視界が暗くなって目が宙《ちゅう》を泳いだ。

その間に、冗賢は竈へ行き、おたまで鍋から何かをすくうと、それを竹を切った筒に注いだ。筒の中身に水を加え、指を入れて温度を確かめた。それから長い箸で、鍋の中から金属の何かを取り出した。剃刀《かみそり》だった。

冗賢がお咲のそばに戻り、手にした筒を置いた。手拭いを出して畳の上で広げ、その上に剃刀を置いた。それから、縛につけられたお咲の腿《もも》をそっと撫でた。お咲は身震いし、金切り声を上げようとしたが咽を絞める縄に封じられ、激しく咳き込んだ。

咳が収まるのを待って、冗賢が剃刀を手にした。鍋の中で一緒に煮ていたものだが、肌に触れても苦痛ではない程度に冷めたその刃の峰《みね》で、お咲の尻をすっすっと撫でた。冗賢の眼前にさらされたお咲の尻から腿にかけて鳥肌が広がった。

「どうか暴れないで下さいよ。大事なところを診察いたしますからね」
暴れたくともできなかった。ぶるぶる震えるお咲の恥毛を冗賢が指で束ねて引っ張り、慣れた手つきで剃刀を当て、ぷつりと切った。剃るのではなく刈《か》っていった。刈られた恥毛は広げた手拭いの上に落とされ、小さな毛の山を作った。お咲はやや毛深い方だったが、あっという間にことが終わった。秘所は器用に毛が切りそろえられ、まるで生え始めの頃のような有様となった。

冗賢が剃刀と一緒に毛の山を手拭いで包み、下男に渡して荷物箱に入れさせた。このときのお咲には何のために毛など持って帰るのか問う余裕などなかったが、煎《せん》じて妙薬《みょうやく》にするためである。女人の秘所より現れる毛や液のたぐいは長寿をもたらすとされていた。

「このほとの赤味ときたら、未通女《おぼこ》のような淡さでございますな。それにこの細腰、腹のへこみ、尻の肉の円みをご覧なさい。これで身重とは申せませんでしょう」

冗賢が言った。男どもが座敷に膝をつけて冗賢の左右から覗き込んだ。誠十郎もまじまじと見ていた。視線が熱波《ねっぱ》となるかのようで、お咲は喘ぎ、息を荒らげた。屈辱と同時に大いに困惑を感じてもいた。そんなに凝視して飽きないのか。仏像じゃあるまいし、こんなものの何が面白いのだと言ってやりたくなった。

だがお咲のそれは興味の的となっていた。冗賢が手振りで指示し、下男が荷物箱から筆箱と紙を出して並べた。冗賢が筆をとって紙の上で素早く走らせた。お咲からは己の脚が邪魔で見えない。何をしているのかわからなかった。やがて冗賢がにんまり笑みを浮かべ紙を持ち上げてみせた。やっとわかった。お咲の胸乳と秘所の様子を克明に絵図に描き取ったのだ。乳房や乳首の様子、陰部の縦の唇、陰核《いんかく》の円み、陰毛の生え際、下の口から菊座までの長さ、黒子《ほくろ》の位置まで、お咲ですら知らずにいたことが誰の目にもわかるようになっていた。そんなものがこの世に存在するというだけで、なぜか弱みを握られたような心細さと、火に包まれるような羞恥を感じた。

「囚人のあれこれを記録につけねばなりませんのでね。刑に処されて物言わぬ身となったとき本人であると確かめるすべがいりますので」

己の嗜好《しこう》ゆえではないと言いたいのだろうが、お咲にはかえって言い訳めいて聞こえた。そんなものはいらない、破り捨ててくれと叫びたかった。

「さて準備はこれでおしまい。最後に、薬湯を処方しましょう」

冗賢が筒を持ち、横に回って縄とお咲の脚の間に差し入れた。口元に筒が当てられた。お咲が助けを求めるように誠十郎を見ると、小さくうなずき返された。お咲はそれを飲んだ。甘酒のような味だった。そういう風に味をつけているのだろう。一口目は単に甘いだけだったが、二口目で舌に刺激を感じ、三口目で胸の内側がかっと火照った。まるで上等な酒を茶碗一杯、飲み干したようだった。お咲は下戸《げこ》ではないが酒は贅沢品《ぜいたく》なので節句のときも少量しか口にしない。あまりに急な酩酊《めいてい》感に呆然となり目が潤《うる》んだ。

お咲の様子を観察していた冗賢が一つうなずき、袖から小さな粉薬の包みを出した。包みを開いて中身を筒に入れ、指で薬湯と混ぜた。とろりとなった透明な液体を、お咲の胸に塗った。お咲がびくっとなった。頭の後ろを柱にぶつけたが痛みではなくじんわりとした熱を感じた。それ以上の熱が胸に広がった。乳首は両方とも再び隠れてしまっていたが、とろとろと薬湯を塗りつけられると勝手に膨らみ、ぴんと勃《た》った。

「薬湯に通和散《つうわさん》を加えたものです。この冗賢の特製ですよ。心気血脈を高め、気つけに効きます。これで、そうたやすく気を失ったりはしません」

冗賢が、まるで本当に通常の診察であるかのように言った。通和散はとろろ葵《あおい》の粉末で、湯島天神《ゆしまてんじん》の辺りで売られている、交接《こうせつ》のための薬剤だった。唾や湯で溶かすと、とろとろの液状になる。滑りが良くなり、感度も高まるという。普通は、陰間《かげま》と呼ばれる男娼《だんしょう》が菊座に塗り込むものだが、お咲にはそうした知識がなかった。

冗賢が閉じた右手に、とろつく薬湯を垂らし、ゆっくりとお咲の秘所に塗りつけた。薬湯自体はぬるくなっていたが、お咲はそこにも激しい熱を感じた。下の口の辺りで掻戯を仕掛けたかと思うと、手の平を下に向けた指が、ぬるりと入って来た。

お咲は小さな悲鳴をこぼした。咄嗟《とっさ》に何をされたかわからなかった。

夫と交わるときとは何もかもが違った。指であれ男根であれ、唾をつけたものをぐいぐい押し込まれるのが常で、そんな風にまったく抵抗なく入って来るものだとは思いもよらなかった。

お咲の中で薬湯まみれの冗賢の指がくるりと回転した。手の平が上を向き、また下を向く。女陰の内にも薬湯を塗りつけているのだ。これもかつて味わったことのない感覚をお咲にもたらした。体の中をかき回されているのに苦痛は微塵もなかった。ただ甘美な熱がわき、お咲の腹と脚の肉が勝手にひくつき、尻がすぼまって両足のつま先が反り返った。

「玉門《ぎょくもん》と呼ぶにふさわしい締めつけですが、これは未通女《おぼこ》じゃございませんね」

冗賢が言わずもがなのことを口にした。

お咲の女陰は薄赤く火照り、腫《は》れぼったくなっている。冗賢が指をそっと抜いた。

お咲の肩と腰が震えて縄がぎしぎし鳴った。お咲はなぜか線香花火を連想していた。

ぱちぱち火花を散らしながらまばゆい火の玉が膨らんでいく。それが今の自分によく似ているなどと茫々《ぼうぼう》とする頭で考えていた。

三

冗賢がお咲から離れ、下男に新しい手拭いを出させて手を拭いた。

誠十郎が、若い与力とともにお咲に近づいた。二人とも真っ赤な縄を束ねたものを左手に持っている。誠十郎が、あぐらにつけていたお咲の脚の縛を解き、ついで上体を柱につけた縛を解いた。

お咲は両脚をぐったり投げ出し、柱に背をつけたまま顔を上げて深く息をした。

誠十郎がお咲の肩をつかんで柱から引き離しながら、若い与力へ言った。

「女縄の型につける。早縄ではなく本縄だ。お主の流派でいう真行草《しんぎょうそう》の真の縄につける」

若い与力が真剣な様子で、はい、と返した。どうやら見習いの与力らしい。牢屋敷には吟味方四騎《よんき》の与力がおり、その下に見習いがつく。

べったり座り込んだお咲は着物を脱がされ、素っ裸にされた。身が火照っている分、寒気を感じて身をよじった。蔵の薄暗がりで腰布一つまとうことを許されぬ白い裸身が赤々とした灯りに照らされ、塗られた薬湯と汗が光っている。男どもの目も光っていた。その視線の圧迫に気づき、遅れて羞恥を感じたが、呆然となるあまり抵抗するのも忘れていた。どのみち暴れたところで縄をかけられるのだという諦念《ていねん》の方が強かった。いつの間にか抵抗する気力そのものが殺《そ》がれてしまっているのをお咲は自覚した。

誠十郎の手練《しゅれん》がまた見事だった。後ろ手に縛られたままで、どうやって着物を脱がされたのかと疑問に思ったが、素早く縄をつけかえて着物を外しながら、常に手か足に蛇口をかけて相手を逃さぬようにしていた。

今度は腕を前に、腹の辺りで両手首をまとめて縛につけられた。先ほどの早縄のように無理やり声も動きも封じるのではなく、丁寧に縄目を整えながら縛った。

咽の縄が外されて首の後ろからへそへと縄がかけられ、その縄が脇下や脇腹から上体を巡り、背で結び合わされ、また前へ来る。その間、二の腕にも縄が巻かれて肩を上げることができなくなった。首からへそへ縦にかけられた縄が、巡りかけられた縄によって、胃の辺りで左右に広がり菱形《ひしがた》をなした。胸を横巻きにする縄が二本、上から押さえるものと下から支えるものとで乳房が挟まれ、膨らみが増したようになった。両手首から二の腕へそれぞれ縄がかけられていて、手を伸ばすことがかなわない。さらに余った縄が、複雑に結ばれたが、これは飾りなのだとわかった。

(……まるで熨斗《のし》でもかけるみたい)

お咲は引廻しを見物したことがないのでわからなかったが、市中に出る際には、あらゆる装いを整えることになっていた。これは江戸の民の反応を考慮してのことだ。かつて有名な盗賊を捕らえて市中引廻しにした際、髪は垂れたまま、破れた衣服のまま、何の工夫もなく縛につけ、裸馬《はだかうま》に乗せて牢屋敷を出たところ、見物する人々から不快を訴える声を浴びることとなった。検視役の与力はすぐさま牢屋敷に戻らせ、囚人の髭《ひげ》と髪を整え、丁寧に縛につけて立派な小袖を羽織らせ、馬の背にも真新しい菰を敷いてきちんと轡《くつわ》をかけた。そうして再び牢屋敷を出たところ、引廻しの評判は上々となったという。

そんなわけでお咲も次々に辱《はずかし》めを受けながら、普段では考えられぬほど艶《あで》やかに飾られることとなった。同心と見えた男が、お咲の髪を丁寧に梳《くしけず》り、大層上手に結《ゆ》い、勝山髷《かつやままげ》にして立派な櫛《くし》を挿してくれた。そうしながら冗賢がお咲の汗と乱れた化粧を拭うと、道具箱から化粧道具を出し、驚くべき手際でお咲の顔貌《がんぼう》を彩った。

誠十郎が膝立ちにさせたお咲の縛の上から襦袢をかけ、用意されていた上等な黄縞の着物を羽織らせた。それから、たっぷりした幅の帯を巻き、体の前で小磯《こいそ》に結んだ。町娘たちの野放図な結び方ではなく、出自の良さを暗に告げるような竪結《たてむす》びである。帯を前で結ぶのは、外出時に帯で手を隠すのが上品な作法だからだ。

遊女がもっぱら帯を前で結ぶので男どもからすると艶っぽい印象があるが、もとは遊女も己を品良く見せる工夫としてそうしていたのである。縛につけられた腕が着物の内側でたたまれ、空っぽの袖が左右に広がり斜めに垂れるのも、腕が見えない分、かえって上品な色気をかもした。

さらに着物の上から縄がかけられたが、これは着物がずり落ちぬためのものだった。二の腕から胸にかけて横に巻き、襟元で縄が束ねられ、小さな輪が幾つも束ねられて飾りつけとなった。

冗賢が座敷の引き出しから大きな手鏡を出して向けたとき、そこには本来の家の台所事情では到底不可能なほど飾られたお咲がいた。最後に、誠十郎の手で水晶の数珠が首にかけられた。これも平時のお咲であれば小躍りしてしまいそうな高級品である。縛につけられた上に恥部という恥部をさらされた直後のこの扱いにこそ、お咲は芯から惑乱した。何が何だかわからないまま全身の気が昂《たか》ぶり、胸が高鳴った。現世と異なるどこかに迷い込み、さらに未知の場所へ送り込まれるのだという思いが陶然《とうぜん》と込み上げてくる。

誠十郎が、縛につけられたお咲を支えてやりながら、縁側で履き物を履かせた。

「では今から、お主を馬に乗せる」

お咲は蔵の外へ移動させられた。

引っ立てられているという屈辱の気分は綺麗に霧消《むしょう》し、十人以上もの男たちを引き連れた立派な奥方にでもなった思いがしていた。

門の内側でさらに男の数が増えた。

同心の配下の者どもが加わり三十人を超えていた。ふいにお咲は自分が連れてきた下男下女たちを思い出した。よもやこの姿を見られてはいないかと不安になったが、誠十郎たちが気遣って役所の土間に引き留めているのか、彼らの姿はなかった。

馬に乗せられる段になり、お咲はまた別の意味で大いに戸惑《とまど》った。単純に、馬に乗った経験がほとんどないのである。かつては武家の娘も馬術を学んだというが、近頃はそんな真似をすればかえってはしたないと叱られる。

だが誠十郎たちは心得たもので、同心の一人が馬の轡を取り、馬を宥《なだ》めてしゃがませた。その上で馬の脇に台座を置き、縛につけられたお咲でも難なく馬に乗れるようにした。

誠十郎がお咲を馬のそばに立たせて言った。

「馬上では、ただ念仏を唱えておれ。何か頼みたければ、わしを呼べ。くれぐれも眠ってはいかんぞ。よほどの達者でない限り、必ず落馬する。顔を隠すのもいかん。胸をはり、毅然《きぜん》と周りを眺めておれ。それが出来ぬときは、工夫をいたすことになる」

お咲は諾々と同意したが、その無抵抗で茫々とした様子がかえって誠十郎を不安にさせたらしく、冗賢を振り返って小声で尋ねた。

「薬湯が効き過ぎているのではないか？　道中、あまり朦朧とされては困る」

「さて、今は正気のようですが……ご不安でしたら気つけの品を用いましょうか？」

「うむ、その方がよかろう」

冗賢が下男を手招きして荷物箱を開けさせた。中から掌中に収まる大きさの銀色の玉を二つ取り出した。玉は白い紐でつながっており、一方の玉から長い輪になった紐が伸びている。その玉が揺れて、りん、りんと鈴の音を立てた。

お咲はぼんやりそれを見つめた。どこかで見たことがあった。習い事の際、町娘の誰かが、父親のものだという猥褻《わいせつ》な書物を持ってきた。様々な淫具《いんぐ》が描かれた書物だった。その中に、二つの玉を紐でつなげたものがあった。今見ているものが、それにそっくりであることに気づき、はっと我に返った。

そのときにはもうお咲の前に冗賢が立ち、裾を割って手を忍び込ませていた。思わず腰を引いたが後ろから誠十郎に押さえられた。誠十郎の腰に、己の尻を押しつけるような格好となり、それが今までにない羞恥をお咲に覚えさせた。

裾の内側では冗賢が指先で撫戯と掻戯を合わせたような動きをした。先ほど薬湯をまぶされ、かき回されたせいで、お咲の秘所はすんなりとまた指を受け入れている。

さらに別の物が、ぬるり、ぬるりと入って来た。

目を白黒させるお咲へ、冗賢が微笑みかけた。優しげでいかにも医師然とした落ち着き払った笑みが、お咲には妖怪か何かの顔のように思われた。

「りんの玉でございます。女人が、ここを鍛えるための道具でしてな。中は鈴になっておりまして、秘所の中で音を奏《かな》でる、まあ雅《みやび》な品でございますよ」

「い、いやです……。と……取って、取って下さい……」

慌てて内股になったり腿を広げたりして出そうとしたが、冗賢の手の平が下からぴったり押さえていて許さなかった。早くも秘所の中から、りん、と音が響き、それを男たち全員が聞いたかと思うと、先ほどの陶酔感が吹っ飛ぶほどの羞恥に目がくらんだ。

「ご心配なく。紐を引けばすぐに出せます。道中、りんの玉の音が気つけとなりましょう」

冗賢が手を離した。誠十郎と若い与力が素早くお咲を引っ立て、台座にのぼらせた。馬の背には真新しい菰が敷かれている。そこへ横座りに腰を下ろすのだと思ったら、なんと跨《また》がされた。その際、秘所から玉が落ちぬよう誠十郎がそこを手で押さえた。縄を繰るのに長けた男の指に触れられ、お咲は思わず、あっと声を上げた。綺麗な着物の内側で身がぶるっと震えた。そうして馬の背に座らされ、秘所が押しつけられて玉が出口を失った。

さらに裾がまくられ、誠十郎と若い与力が左右にわかれてお咲の腿を縛った。

「馬を立たせよ」

誠十郎の合図で、同心の一人が馬の尻を叩いた。馬がぐっと身を持ち上げた。その背でお咲がぐらぐら揺れたが、両脇から誠十郎と若い与力が支えていた。さらにお咲の腿を縛った縄を馬の腹と背に回し、二人がかりで息を合わせ、お咲の両脚と馬の胴とをともに縛につけた。馬から落ちようにも落ちられない。まるで馬から自分が生えているようだった。

誠十郎がさっとお咲の裾を直した。その際、誠十郎の目が、陰毛を綺麗に刈られた恥丘《ちきゅう》に向けられているのをお咲は感じた。恥丘の割れ目から、りんの玉の紐が伸びていた。それを引き抜いてくれと頼みたかったが、羞恥で言葉が詰まって何も言えなかった。

「ようやく整った。おのおの方、得物《えもの》を掲げよ」

お咲の周囲で男たちが手にしたものを一斉に持ち上げた。下男が罪状を記した立て札や、罪人が何者かを示す幟《のぼり》を持った。同心が捕り物《とりもの》に用いる三種の槍を――鋭い棘《とげ》のついた、袖搦《そでがらみ》、突棒《つくぼう》、刺股《さすまた》を天に突き上げた。ついで牢役人たちが通常の槍を肩に担ぐ。

馬の轡を取る者が、鼻捻《はなねじ》りと呼ばれる、棒の先に鎖の輪をつけた品を持った。馬の口を縛り上げて大人しくさせる調教の道具だが、いざというとき護身または捕縛の道具にもなるものである。

馬の左右で隊列をなし、物々しくも華やかな一行がそこに出現した。お咲は彼らが自分を引っ立てると同時に、彼女の身を狼藉《ろうぜき》から守る護衛であることを悟った。

「いざ参ろう」

誠十郎の声とともに、牢屋敷の表門が開かれた。

四

馬が進み、門を出て最初の、りん、という音がお咲の内で鳴った。だが三十人以上もの足音で先ほどのようにはみなの耳に届いたとは思えず、つい安心していた。

だが小伝馬町から移動し、下舟町《しもふねちょう》へ差しかかった途端、りんの玉の音のことなど忘れるほどの衝撃に襲われた。

いったいどこから集まってきたかと思うほどの人だかりができていたのだ。みな、引廻しの見物人だった。お咲は仰天し、自分が今ここに来ることがどうして知られたのかと疑問に思ったが、すぐに理由を思い出した。牢屋敷の門が開かれるや否や、刑の始まりを告げる鐘の音が鳴らされたのである。鐘は奉行屋敷の火《ひ》の見櫓《みやぐら》で鳴らされ、その音が響くや、ついで日本橋でも鐘が鳴らされる。

鐘の音を聞いて、人々がどっと移動したものの、引廻しの行く手を遮る者はいない。幟と立て札の字を読もうと、首を伸ばす者はいるが、行列に近づくなり同心たちがすかさず武器を構えて追っ払ってしまう。

一行は江戸橋《えどばし》を渡り、日本橋そばへ寄り、八丁堀に向かった。お咲に出来るのは、言われたとおり、なむあみだぶつ、と唱えながら、自分の顔を知る者がいないよう祈ることだけだった。そうしながら気力を振り絞って目を閉じぬようにした。両脚をしっかり馬に固定されているせいで前屈《かが》みになることもできない。着飾り、化粧をした己の姿を、市井《しせい》の人々に見せつけるような姿勢で座っていた。

それはお咲が想像したこともない不思議な光景であった。今、己は罪人の立場のはずである。それが馬上から人々を見下ろしている。他に馬に乗っているのは、誠十郎と若い与力の、騎馬を許された二人だけだ。

建物の屋根に登って見物する者も多くいたが、見下ろされる感じはなかった。まるで舞台の花形となって観衆から注目されている気分だった。誰もむやみに騒ぎ立てないことも舞台を思わせた。騒然となれば、せっかくの見世物が中断されてしまうという庶民の知恵が働き、ひそひそとささやき合うばかりであった。そのささやきも、罵《ば》詈雑言《りぞうごん》ではないことが何となく感じられた。彼らは、綺麗で、珍奇《ちんき》で、近寄りがたいものを見ているのだ。登城する大名行列のように。芝居の役者のように。あるいは嫁入りの列のように。

（……こんな格好、きっと誰もわたしだと思わない）

自分が住まう八丁堀を進むうち、ふとそう思った。途端にお咲は心の中の見えない縛めが解けた気がした。変な話だった。がんじがらめに縛につけられているというのに。身ではなく心が楽になっていく。ただ単に見世物にされる緊張が和らいだのではなかった。それまでの己を束縛していた何かが、猛烈な力で引きちぎられ、どこかへ放り捨てられてしまったようだった。

「なむあみだぶつ……、なむあみだぶつ……」

念仏を唱える声を、いつしか下腹から響く、りん、りん、という音に合わせていた。当然、それは馬の歩調にも合わせることになる。馬の揺れ、鈴の音、念仏が、穏やかな律動《りつどう》となってお咲を安寧《あんねい》に導いた。行列の勇ましい足音、周囲に満ちる低いささやきの波、遠くから聞こえる蝉の声、堀や川に吹く風が柳の葉を揺らす音。それらが静寂に響き、あたかも本当に浄土へと連れて行かれるような思いに陶然とさせられるのだった。

異変が生じたのは銀座《ぎんざ》を通り新橋《しんばし》を渡っている最中のことだった。この先は武家屋敷ばかりで賑《にぎ》わいはそれほどない。お咲が住まう八丁堀から遠ざかったこともあって、すっかり安堵の思いに満たされていた。

だが、橋の真ん中辺りで急に下腹に熱を感じた途端、体の底からざわめきが起こるのを感じた。土を踏んでいた馬の蹄《ひづめ》が木を踏んだことで、硬い衝撃が秘所に響いたせいかもしれなかった。りん、と音が鳴るたび、ずきりと血が騒ぐような感覚がどこからともなく湧いてくる。股の間がぬるぬるに濡れている感触があり、暑くて汗をかいているせいだと思い込もうとした。夏場に笠もなく城の周りを移動させられているのだ。

だが乳首が硬く尖っているのは明らかに暑さのせいではなかった。敏感になった両方のそれが着物に擦《こす》れて、だんだんと耐えがたくなってきた。なんとか着物と胸の間に隙間を作ろうと、もじもじ上体を動かしたが無駄だった。かえって縛につけられた身を切なく思う気持ちが湧き起こった。なぜか今すぐ丸裸にして欲しいという、おかしな願望が胸中に起こり、お咲を大いに戸惑わせた。

様子がおかしいことに気づいた誠十郎が、すっと馬を寄せた。

「いかがした」

「あの……、いえ……」

恥ずかしくて乳が着物にあたって痛いと言えず、かといって放置しておけなかった。他に言い方はないかと考え、縛につけられた際、誠十郎に言われたことが思い出された。

「お情けを……、どうか……お願いします。お情けを頂けませんか……」

手心を加えてくれ、縄を緩めてくれ、それで着物と身に隙間ができるという意味で言ったが、なぜか誠十郎が目を剝《む》いて驚きの顔になった。

「このような所でか……。まさか、まかりならぬ。屋敷に戻るまでの辛抱だ」

「そんな……」

お咲が切なげに、はあっと熱い溜息をついた。誠十郎の方がかえって落ち着かなくなったようで、すぐに冗賢を呼んだ。後ろの方にいた冗賢が早足で追いついてきた。

「どうされましたか?」

「それがな、ここでお情けが欲しいというのだ」

冗賢もなぜか目を丸くしてお咲を見上げた。

「ははあ……。気つけが過ぎましたかな」

「まだ道中も半ばだ。死出の旅にて望みを叶えるのが検視役の務めとはいえ、ここでお情けなどくれれば、わしの首が飛ぶ。代わりのものを与えてやれぬか」

「ええ、ええ。念のため持ってきております。ではこの先の馬場にて休憩を取る際に」

「うむ。そこで縛もつけ直す」

冗賢がにんまり笑ってお咲に言った。

「もう少しの辛抱ですよ。良いですね」

お咲はほっとなった。相手が誠十郎ではなく医師の冗賢であるという言い訳がお咲の羞恥を和らげ、先ほど言えなかったことを口にした。

「あ……、あの……。胸が……、お乳が衣に……」

「はいはい、お乳が痛むのでしょうね。それも、どうにかしましょう」

すぐに請け合ってくれて、お咲はますます安心した。

やがて芝大門《しばだいもん》に近づいた。道端の見物人が増えた。屋敷では、わざわざ火の見櫓に登ってお咲を見る者もいた。小さな馬場に入ると、誠十郎が馬に乗って、人々に場を譲るよう頼んで回った。馬場を囲む柵を埒《らち》というが、馬術の教練をしていた者たちがいったんその埒外に出て、興味深そうにお咲と引廻しの一行を眺めた。

下男が馬場に菰を何枚も敷いた。脚の縄を解かれ、馬から下ろされたお咲が菰の上に座り込んだ。誠十郎がお咲の背後に回って、着物を押さえていた縄を緩めると、冗賢が先ほどのお咲の訴えを代弁した。

「お乳の尖りが衣に当たって痛むそうです。少し、寛《くつろ》げてあげられませんか？」

「む、そうか。痛みをこらえていたか。それはすまなかった」

誠十郎がお咲に詫びた。お咲はかぶりを振った。恥ずかしくて、ただでさえ上気した顔に、いっそう血が昇るのがわかった。誠十郎が着物の襟と帯に手をかけ緩めてくれた。かと思うと襟の中に手を入れた。両方の胸乳《むなぢ》が誠十郎から丸見えとなり、お咲は息をのんだ。ついで誠十郎は、お咲の手首の縛めを解くと、両方の手を握り、お咲の背へ回した。そうしながら手探りで、お咲を後ろ手に縛につけ直した。前で固められていた腕がいっとき伸ばされて楽になり、腕の位置が変わったため、これまた楽になった。

腕が痛むのを避けるための誠十郎の気遣いである。緩めた着物の中に手を突っ込み、外から見えない状態での見事な縄さばきであるが、お咲はそれどころではなかった。まるで誠十郎に抱きしめられているような格好なのである。馬場の土の臭いがどこかに消えてしまうような、良い匂いに包まれていた。その汗の匂いさえ香りのように感じた。思わずまた切なくなって、はあっと溜息をついた。我ながら物欲しげな吐息だと思い、猛烈に恥ずかしくなった。

縛をつけ終えた誠十郎が、竹筒から水を飲ませてくれた。お咲はたっぷりと飲んだ。水が全身に染み渡るようだった。そうしながら、誠十郎に耳元でささやかれた。

「ここでお情けの代わりを与えよう。だが声を出すでないぞ。どうしても声を出すなら、轡を嚙ませねばならん」

お咲は話の筋道を見失った。代わり？　声を出す？　どういうことか訊きたかったが、誠十郎が襟を寛げたまま着物の上から縄をかけるのを見て、独《ひと》り合点《がてん》した。胸の尖りが擦れぬよう襟を開いているので、もしも乳房の谷間があらわになっても声を上げるなということだろう。心配なかった。縄で固められているため、じっとしていれば、そうそう着物は崩れないことをこれまでの道中で知ったのだ。

だが再び立たされ、振り返って馬を見た途端、お咲はあまりのことに唖然《あぜん》となった。誠十郎と自分の間に、大きな勘違いがあることを悟ったが、どこでそうなったのかわからなかった。

しゃがまされた馬の背に、敷いた菰の上から、小さな木の鞍《くら》がつけられていた。その鞍の真ん中で、小ぶりな何かがそそり立っている。何であるか、さすがのお咲も知っていた。凜と勃つ男根を模した木製の張形《はりがた》である。それが鞍につけられているのではなく一体となっていた。張形が生えた鞍の形に木を削り、綺麗な飴色《あめいろ》に磨いた、張形鞍であった。

冗賢が、その異様な品を叩いて言った。

「ちょうどあつらえさせたばかりでしてね。こいつにとっては、あなたが初めての女というわけですな。彫り物のくせに、まことに羨ましい限りで」

お咲は言葉もない。変な薬湯を飲んだせいで幻覚を見ているのかと思った。それほど現実離れした光景だった。さすがに同心や下男たちも呆れ顔になっている。馬場の埒外でも人々がこちらを指さし笑っているのが見えた。

誠十郎と若い与力が、真顔でお咲の背を押した。お咲はぞっとなった。おかしなものが生えた鞍に乗せられる。慌てて誠十郎に訴えた。

「ま、待って……！　いや、いやです、待って下さい……！　お願いします……！」

「今はこれ以外にないのだ。屋敷に戻るまで辛抱してくれ」

何の辛抱か。お咲からすれば会話になっていなかった。こんなものを施されて辛抱できるとは思えなかった。身悶《みもだ》えするお咲の体が、ふっと宙に浮いた。誠十郎と若い与力が左右からお咲の脚を担いで体を持ち上げたのである。気づけば宙で大股を開いたような格好にされていた。その股の間に、にんまり笑う冗賢の顔があった。お咲は悲鳴を上げたが、その声がぷつんと途切れた。冗賢が例の筒から、とろとろした薬湯をたっぷり秘所に塗りつけたせいだ。塗られる前から、ぬるぬるに濡れた秘所だった。馬の背に突き上げられ、菰に擦られ、内からりんの玉で刺激を受け続けたのである。その陰核と下の口を手の平で撫でられるや、おぞましいほどの快感の波が襲ってきてお咲の息を詰まらせた。

「鞍の方にも、これを塗ってありますが、このほとの様子なら造作もなく咥《くわ》えてしまうでしょう。むしろあれで満足してもらえるか不安ですな。あの張形は、わざと小ぶりに作っておりますゆえ。あまり長いと何かの拍子に折れてしまいますからな」

冗賢が撫戯と搔戯を駆使しながらそんなことを真面目くさって言った。りんの玉が一つ、お咲の真っ赤な玉門から出かけたが、冗賢の指が止めて押し込んでいった。

てっきり玉を取ってもらえると思ったお咲は大いに慌てた。このまま、あんなものを下の口で咥えろというのか。そう訴えたかったが、どの言葉も恥ずかしすぎて口に出来なかった。やめて、やめて下さいまし、と繰り返すばかりである。

そしてこの場にいる誰も、お咲の訴えを聞こうともしなかった。

冗賢が残った薬湯をまぶした手を襟元に突っ込み、お咲の乳房とその尖りに塗りつけた。両方の乳首が今までにないほど硬く膨れ、布に触れてもいないのに、じんじんと疼《うず》いた。

誠十郎がいったんお咲の両脚を抱き、若い与力が馬の向こう側へ回った。若い与力が手を伸ばしてお咲の片方の足首を取った。同時に足首に縄の蛇口がかけられている。逃げられなかった。お咲は天を仰いで現実から心を逃がそうとした。

両方の尻に男たちの手を感じ、ゆっくりと下ろされていった。秘所の入り口に張形が触れるのがわかった。その硬く滑らかな亀頭がぬるりと玉門に分け入った。お咲は真っ青な空を見上げたまま、体の底の方で生じる、たまらない異物感から逃れたくて絶叫した。

すぐにその口が誠十郎に押さえられた。お咲が叫ぶのを予期していたらしい。その手には縄ではなく、ねじり手拭いが輪になってかけられている。手拭いの真ん中に結び目が作られ、瘤《こぶ》のようになっていた。その瘤がお咲の唇を割って入って来た。ねじり手拭いが両顎を回り、髱《たぼ》の下、首の付け根できつく縛られた。

こうして轡をかけられてのち、馬が立たされた。お咲は真下からずんと突き上げられる感覚に卒倒《そっとう》しかけた。だが左右から身を支えられ、今度は脚を伸ばすのではなくそれぞれ曲げられた状態で、腿も足首もしっかり馬の胴に縛りつけられた。

さらには裾の下に誠十郎が手を入れ、お咲の縛につけた後ろ手に、さらに縄をかけて馬の胴へ引いて他の縄に結んで固めた。また、着物の前面にかけられた縄が、両脚の膝の縄に結ばれた。前後左右、どこへも倒れることがかなわない。何より体のど真ん中に、柱を立てられているようなものだった。

冗賢がお咲を見上げて微笑んだ。

「いかがですか? りんの玉を入れたままの交接を、〝芋洗い〟などといいましてな。小ぶりなこいつでも、これで満足頂けるでしょう」

その言葉通り、秘所の内では二つの玉が入れられたままなのである。お願いだからやめて、こんなのはお情けでも何でもない、とお咲は必死に哀訴《あいそ》しようとしたが、轡に遮られて何の言葉も発せなかった。舌で轡を押しやろうとしても無駄だった。

「よし。では参ろう」

誠十郎の言下、一行が引廻しを再開した。馬場にいた人々に礼を述べながら、埒から出てゆく。人々が、にやにや笑ってお咲を見ていた。それまでとは異なる視線だった。今しがたの痴態を見られたのかと思うと、とても見物する人々を眺めていられない。そしてまた、それどころではなかった。

芋洗いとはよく言ったものだった。馬が進むたび張形に内から圧迫され、二つの玉が位置を変え、りん、りんと音を鳴らす。全身に鳥肌が立ち、そのくせ背にも腹にも汗の粒が浮いた。体が揺れるたび白熱する波が身中にわき、ぷちぷちと肌が弾けるかのような快感の衝撃が走った。気づけば轡をかけられた口の中で、なむあみだぶつを唱えていたが、

「あ、あむ、あ、あ、……あうっ、あ、あむ、あっ……、あう、あい、あむっ……」

周囲にいる者たちには熱に浮かされた者の呻きにしか聞こえない。その異様な呻きに、誠十郎や同心たちが振り返ったが、お咲の恍惚《こうこつ》とした表情を見て、どうやら満足してくれたようだと口々に呟《つぶや》き、うなずきながら道に目を戻した。

いつしかお咲の口の端から、糸のように細いよだれが垂れた。口の底に唾液がたまって咽《む》せ、そのくせ口蓋《こうがい》はひどく渇いて必死に舌で潤わせるという、轡をかけられた者にしかわからない状態にあった。そのせいで、垂れたよだれが着物ではなく乳房に

落ちていることに遅れて気づいた。

下腹の中の芋洗いで身悶えるたび、襟がどんどんはだけていったのだ。今や両方の乳房がほとんどあらわになっていた。しかも左右にいる男たちからは見えず、馬上にいるせいで道行く者からは丸見えだった。ただされているのではない。縛につけられ、縄でくびられ、真っ赤に火照った上に、硬い尖りをじんじん疼かせている。

地獄に落ちたかと思うような羞恥の念とともに到来したのは、意外にも、新橋を渡る前の、安寧の思いであった。丸裸となって堂々と道を進みたいという願いが再びわいた。強烈な縛につくことによって、かえってそれまで漠として形の定まらなかった、身の自由、心の自由というものが、くっきり炙《あぶ》り出されるようであった。

極楽浄土《ごくらくじょうど》は地獄のそばにある。よだれを垂らし、なむあみだぶつを唱えながら、お咲はふいにそんなことを思った。

いや、極楽浄土と地獄がはす向かいにあり、その狭間に人の現世があるのだ。人はどちらにも足を突っ込める。本来この引廻しの目に遭わねばならないはずの女のことが、初めて脳裏をよぎった。どうして男を殺そうとしたのだろう。疑問に思いながら、なぜかわかる気がした。きっと、身の自由、心の自由を求め、我知らず地獄に傾いたのだ。

潮の匂いが漂う芝口《しばぐち》の高札場で一行は北へ向かった。お咲は、快楽が燃え上がっては、ぶるぶると両腿が震え、弛緩《しかん》するという、意思とは関係なく反応する我が身の熱を、いまやむさぼるように感じ取ろうとしていた。

我が身に起こることが極楽浄土となるか地獄となるかは、無造作に振られる賽《さい》の目のようにわからない。どちらに転がろうとも、今の自由不自由をとことん味わうしかない。今の己に許されるのは、あるいは人に許されるのは、それだけだった。

波が起こると、次にまた大きな波が起こる。赤羽橋《あかばねばし》を渡り汐見坂《しおみざか》を越え、赤坂御門《あかさかごもん》前を通り、鉄砲坂《てっぽうざか》から四谷《よつや》へ向かったとき、身中で波濤《はとう》が飛沫《しぶ》くような感覚が生じた。それがただの感覚ではなく、実際に起こり始めた。腰が震え、秘所からちょろちょろ温かい液体が零《こぼ》れだした。それがいきなり激しい放出となる前に、反射的に身じろぎして裾をはだけようとした。

その動きを目に留めた誠十郎と男たちが振り返ったとき、お咲の秘所からそれが迸《ほとばし》った。大半は裾を濡らしたが、一部が鞍で跳ねて、ぱっと周囲に飛沫を散らした。

男たちがわっと列を乱してお咲から離れた。逃げなかったのは誠十郎と冗賢だけだ。誠十郎はお咲が気を失うのではないかと案じてむしろ馬を寄せ、手を差し伸べてお咲の肩を揺らした。お咲は、とろんとした目を誠十郎に向けた。呆然自失の状態でも、粗相《そそう》を謝りたくて、轡の中でもぐもぐ詫びた。今度はちゃんと伝わったらしく、誠十郎が手を離し、心配ないというようにうなずき返してくれた。

一方、冗賢は扇子を出してぱたぱた顔を扇いで笑んでいる。

「これぞ、まことの眞液《しんえき》でございましょう。甘露《かんろ》、甘露」

眞液とは、女人の秘所から溢れる通常の津液《しんえき》の次に、強烈な快楽とともに出現するという液体のことで、不老長寿の薬にもなると言われている。

その言葉で、誠十郎の目が引き寄せられるようにお咲の下腹の方を向いた。着物がさんざんにはだけていることに、今やっと気づいたような顔だった。

お咲は、自分が濡らしてしまった箇所を見つめられているのを感じた。眞液はさておき、津液ならば夫も好んで舐めることがある。男女のそれを口で味わうことを舐戯《ていぎ》という。お咲の脳裏に、誠十郎が己の秘所にその舐戯を仕掛けている姿が、ありありと浮かんだ。甘い痺れが総身に湧いた。そしてそのときやっと、お情けという言葉の意味を理解していた。

五

神楽坂《かぐらざか》で茶菓子と水をもらい、そこから東へ向かった。水道橋《すいどうばし》の前を過ぎて、湯島《ゆしま》、上野《うえの》、浅草《あさくさ》を通り、いったん山谷堀《さんやぼり》まで北上した。風光明媚《ふうこうめいび》な堀を眺めてのち南下し、夕暮れ前の浅草橋《あさくさばし》を渡り、一行はついに牢屋敷に戻った。

出たときと違い、お咲は心身ともに乱れに乱れている。途中で馬を下りて髪や着衣を整えることもできず、身中に湧く白熱の感覚はおさまる気配がなかった。

門が背後で閉じられ、衆人の目が遮られた。お咲は馬に乗せられたまま役所の前を通り過ぎ、壁の向こうの蔵の前まで連れて行かれた。そこで、脚の縄が解かれた。

馬がしゃがみ、誠十郎と若い与力がお咲を両側から抱えて持ち上げた。ずるりと張形が抜け、秘所から溢れた津液と薬湯とが混ざって泡立った真っ白いものが滴《したた》り落ちた。ついで玉門を割って、自然と二つの玉が順番に現れた。それが地面に落ちる前に、冗賢が歩み寄って手の平で玉を受け止めた。どちらも白濁した粘液に濡れそぼっている。

誠十郎たちがお咲の足を地面に下ろした。ずっと脚を曲げた状態で縛につけられていたため咄嗟に歩けぬお咲を、誠十郎が抱えた。そうしながら、若い与力が轡を解いてくれた。

轡はよだれでべとべと、裾は粗相で濡れていたが、誠十郎も若い与力も嫌がりはしなかった。誠十郎は片方の腕でお咲の肩をしっかり抱きながら、竹筒で水を与え、よくやった、と不条理なお勤めに耐えたことを称えてくれた。他の者たちも同様だった。お咲がどれほど痴態を見せようとも、むしろそうであればあるほど、みな敬意を示した。何しろお咲は本来、罪なき身なのである。お家のためによくぞ、と男たちが口々に呟いた。お咲はなんだか大声で泣きたいような幸福の念に包まれていた。

脚に力が戻ると、お咲は誠十郎に抱かれたまま、再び蔵の中へ連れて行かれた。そこで縛が解かれ、自分が着てきた着物に着替えることになる。今の着物も帯も自分のものではないのが妙に寂しかった。

だが蔵に入った途端、物憂《ものう》い思いがいっぺんに吹っ飛んだ。

女が吊されていた。蔵の真ん中の梁にかけられた何本もの縄によって、後ろ手に縛につけられ、宙でうつぶせになるよう、背と腰と足に吊り縄がかけられている。一糸まとわず、白くまばゆい裸身には大粒の汗がびっしりと浮かんでおり、乱れた髪に飾られたおもてはなお美しく、切れ長の目には悽愴《せいそう》の美とでもいうべき輝きをたたえている。

年は二十五、六といったところだろうか。この人が、本来の罪人なのだ。お咲はすぐにそう悟った。名も知らない相手だった。なのに親しい相手と会ったような気分だった。

女の周囲には別の与力と同心たち、下男たちがいた。お咲が引廻しに処されている間、ただ安んじて待つのではなく、それなりの辱めを受けるべきと考え、吊したのだろう。だが女はただ苦悶にまみれていたのではなかった。その頬は上気し、目が潤み、お咲のものよりやや小さく綺麗な梨の形をした乳房の尖りが硬く勃っている。内腿から曲げた膝にかけて汗とは違う様子で濡れているのは、お咲と同様に秘所が飛沫を放ったのだろう。

「お、お情けを……」

女が顔を上げ、よだれを一筋《ひとすじ》垂らした口から、掠《かす》れた声をこぼした。お咲と同じく薬湯を飲まされ、たっぷり塗りつけられたのだろう。

お咲の背後で、誠十郎が言った。

「いいや。この者の方が先だ。お前の身代わりとなって引廻しに耐えたのだぞ」

誰かが蔵の扉を閉めた。誠十郎の手がお咲の背を押した。お咲は座敷に膝をついた。着物がはだけられ、後ろ手の縛が解かれるのを感じた。やがて自由になったものの力の入らぬ両肘で上体を支えた。目は女の様子から離せずにいた。大きく裾をまくられた尻の両側に手を当てられたのがわかった。抱えるのではなく撫でられた。

お咲は自然と尻を高くつき上げた。そうしながら、切なげに目を細める女と、じっと目を合わせたままだ。

お咲の女陰の玉門の辺りに、硬いが弾力のあるものが当てられた。張形と同じ形状だが、息づいている点が大いに異なった。熱を持ち、脈打っていた。それはすぐには入って来ず、ゆるゆると玉門を撫で、津液をまぶしてから、入り口にぴったり当てられた。

「そ、そのまま……、わたしの中へ……」

お咲が肩を震わせ、尻を後ろへ倒そうとした。誠十郎の手がその尻を抱え、ゆっくりと貫いた。お咲の口から熱い溜息が、呻きが、そして奥まで達するや、高い叫び声が迸った。

蔵の中で、途方もない快楽の宴が繰り広げられた。

誠十郎にひとしきり突かれ、恍惚の気に貫かれてのち、座敷に着物を敷いた状態で横たわったお咲へ、男たちが次々に挑んだ。手を使う撫戯に搔戯、秘所を口で慰める舐戯の他にも、平手で尻や脚を叩く打戯《だぎ》、甘く優しく歯を当てる咬戯《こうぎ》、互いの唾を飲ませ合う涎戯《えんぎ》、精液を口で受け止める漏戯《ろうぎ》、女人が上と下の口を二人の男に同時に貫かれる挟戯《きょうぎ》など、あらん限りの淫戯を受け、お咲はもうこれ以上ないというほどに乱れた。

そこへさらにお咲へ挑む者があった。仰向けになって若い与力のいきり立った肉直に責められていると、いきなり逆さまになった女の顔が現れた。縛を解かれた女が、座敷にいざり寄ってきたのだ。近くで見る女の目は、ますます切なげで美しかった。お咲は貫かれる喜びの声を上げながら、女の頰に手を当てた。女もお咲の両方の頰を撫でた。

「ありがとう、わたくしの代わりに……」

女がささやき、その声が途中から、はあっと熱い息に変わった。その息がお咲の鼻《び》腔《こう》を満たした。強烈な生命の匂いがした。

女が先ほどのお咲のように、後ろから貫かれたのがわかった。その恍惚の気に満ちた女の吐息を味わいたかった。お咲と女、どちらからともなく口を吸った。互いに男のものを柔らかな玉門に迎えながら、唇を触れ合わせ、舌を歯茎《はぐき》に這わせ、咬戯と涎戯を駆使しながら、互いの吐息をむさぼった。

この人は死ぬのだ。お咲はそう思って女への愛しさを感じた。地獄の一丁目に違いない拷問蔵の中で極楽浄土の花が咲くようだった。女も身代わりとなったお咲に深い愛しさを感じているのがわかった。やがてお咲と女の中で男たちが精を放ったときも、二人はぴったり唇を合わせ、女が現世《うつしよ》で味わう最後の快楽を分かち合った。

お咲が蔵に戻ってしばらくすると、供の者を連れた内与力・岡田鉄心が疲れた様子で役所に入って来た。

今朝まで、甥とともに市中引廻しの身代わりとなってくれる女を探し回っていたが、まったく成果を得られずに終わった。このままでは本当に親族の者から女を差し出すしかなくなると暗澹《あんたん》たる思いで、いったん牢屋敷に赴いたところ、同心たちから、引廻しの一行はとっくに出発したと告げられたのだった。

首尾《しゅび》良く身代わりが見つかったのだ。岡田鉄心はそう信じた。甥もその一行に加わっているのだろう。自分も急いで引廻しの一行を追った。だがここで大きな間違いを犯した。通常の引廻しの他、五箇所の立て札を巡って、そのまま刑場に向かう五箇所巡りという引廻しがある。岡田鉄心はこの五箇所に向かったのだった。だが一行はどこにもいない。最後の立て札に向かう最中、間違いに気づいた。刑場に向かっては身代わりの首を刎《は》ねることになる。夫殺しを企てたとあらば、普通は五箇所巡りになるが、特別な沙汰ゆえ、そうではないことを思い出した。

そうして役所に入ったところ、身代わりと本来の罪人は、どちらも蔵にいると言われた。甥はどうしたかと訊くと、朝から見ていないという。そんなはずはなかった。身代わりを見つけたのなら、戻ってきて引廻しに加わったはずである。

そこで、役所の土間にいる下男下女たちに気づいた。茶や菓子を振る舞われ、役所の下男たちとのんびり談笑している。全員の顔に見覚えがあった。ついで義理の姪であるお咲の顔が思い浮かんだ。

岡田鉄心は急に胸騒ぎに襲われ、役所を飛び出した。蔵に駆けつけ、扉を開いて中に飛び込むと、冗賢のにんまりした顔に出くわした。

「これは岡田様。ただいま、二人にお情けを尽くしているところでございます」

そう言いながら、呆然となっている岡田鉄心に代わり、蔵の扉を閉めた。

「岡田様もご参加なされてはいかがでしょう? 男の心気を高める妙薬もございます。私めは、若い頃からの不能者でしてね、皆様のためのお道具やお薬をご用意することを、何より楽しく思っているのですよ」

冗賢が得意げに語るのをよそに、岡田鉄心はふらふらと座敷に歩み寄り、そこで繰り広げられている性戯の宴と、その渦中にいる女たちの顔を見て、凍りついたように立ち止まった。そうしながら、今日を境に一族郎党は一人の女に頭が上がらなくなることを悟った。事実、お咲はこののち岡田家の中心人物となった。その身をもって得た百三十両は全てお咲のものとされ、岡田家の男たちはお咲に平身低頭して家計を助けてもらうことになる。

義理の叔父に見られているとは夢にも思わず、もらえるお金のことなど綺麗に忘れ、お咲はただ愛しさと切なさの渦の中に没我《ぼつが》していた。

上下の口に精を浴びるつど、叫びたくなるような甘い歓喜に震えた。ときおり冗賢が丸薬を持ってきて、お咲の秘所に入れた。子をはらまないための高価な丸薬だというが、どうでもよかった。これから死に赴《おもむ》く前に、いっときの生の恍惚を味わおうとする女に寄り添っていたかった。お咲が女の身代わりになったように、女もまたお咲の身代わりとなって何かを果たしてくれるのだという気持ちがあった。それは、地獄に踏み込んだ女だけが背負うことのできるものだ。世の女であれば誰もが抱く、言葉にならない茫漠《ぼうばく》とした一念。それを引き受けてくれるのだ。心中物語に江戸の人々が熱狂するというのは、そういうことではないか。

お咲は女と並べて寝かされ、仰向けになって最後の男たちを受け入れた。どちらの肌も多様な液で光り、生の残滓《ざんし》をいたるところに帯びている。二人の女は一方の手をつなぎ、互いに目を合わせながら、他方の手で男の肩や腰をつかんで秘所に入っては退き、入っては退く硬いものをむさぼった。お咲を誠十郎が、女を別の与力が貫いていた。やがて男たちが、あたかも彼らの方が責め苦を受けているかのような呻きをこぼし、潤んだ肉の中にいっぱいの精を放った。

お咲は目の前が真っ白くなるような恍惚に我を忘れた。己が放つ声が遠くから聞こえるようだった。ふと意識が薄れ、やわらかな暗闇に包まれた。ほんの僅かな間、お咲は桃源郷《とうげんきょう》の泉に身をひたしていた。

はっと意識が戻ったとき、傍《かたわ》らに女はいなかった。男たちもみな立ち上がって座敷を降りている。いつの間にか全員が装いを整え、同心たちが女の身を拭い、その髪を整えていた。すぐに女が白い衣を身につけた。足下がふらついていたが、意識はしっかりしているようだった。

お咲が裸で横たわったまま言葉もなく見つめていると、身繕いを済ませた女が振り返ってお咲に向かって深々と頭を下げた。お咲は動けなかった。ただその目から涙が溢れた。

蔵の扉が開き、みなが出て行った。暗がりに、ぼうっと突っ立つ男がいたが、慌てて一行の後を追った。最後に冗賢が出て行った。扉は開いたままだった。

お咲はたった一人、蔵の中にいた。しばらくして、かすかな音が聞こえた気がした。聞こえるとは思っていなかった音。刀が振り下ろされ、女の首が落ちる音。あるいは聞こえた気がしただけだったろうか。

いずれにせよその瞬間、お咲を強烈な何かが襲った。この日に味わった全ての歓喜を合わせたよりも激しく白熱する恍惚の坩堝《るつぼ》に落ちた。身中で爆発するものに背をのけぞらせ、閃光が目の奥で飛び散るのを感じながら、お咲は息が切れるまで切ない叫びを上げ続けた。

香《こう》華《げ》灯《とう》明《みょう》、地獄の道連れ

一

その日、五月晴れの燦々《さんさん》とした陽光のもと、南町奉行所《みなみまちぶぎょうしょ》のお白州《しらす》は、異様な緊張に支配された。

原因は、出頭させられた被疑者の女にある。

年は二十五。いかにも婉然《えんぜん》とした、細く嫋《たお》やかといっていい、美貌の女であった。髪は入牢《じゅろう》生活でろくに手入れもされていないのに艶《つや》を失わず、潤《うる》みがちの切れ長の目が生気に輝いている。着物の下では、上半身を女五方《おんなごほう》と呼ばれる捕縄《ほじょう》の型で縛《ばく》につけられており、背に回された両手と両腕の付け根、そして頸《くび》を縛《いまし》める縄が背の肩甲骨《けんこうこつ》の間でまとめられている。必然、着物の袖はお白州の上縁に垂れ、襟元は大きく開きがちで、滑《なめ》らかな白い肌と豊かな胸乳《むなぢ》の円《まる》みを覗《のぞ》き見ることができた。

そこまでは、奉行所の仮牢に入れられた女にしては生き生きとしている、というだけのことだ。異様なのは、女の上下の歯にしっかりと嚙《か》ませた猿ぐつわであった。それも、布を適当にねじって口に当てたのではなく、こぶ状にした布を口腔にねじ込み、それを固定する革紐《かわひも》が、万一にもほどけぬよう入念に鬢《びん》の辺りで結ばれている。審問の始まりからそうなのである。

お白州とは尋問《じんもん》の場であり、被疑者の口を封じるというのは、たとえ証拠が明白であっても自白が必要である、とする奉行所のあり方を根底から覆《くつがえ》しかねないものだ。にもかかわらず、女が一言も喋《しゃべ》れないことについて、誰も何も言わない。南町奉行をはじめ、吟味方与力《ぎんみかたよりき》や立ち会いの同心《どうしん》たちも、あたかも女が自由に喋れるかのように、粛々《しゅくしゅく》とことを進めるのだった。

「このわたくし、お芳《よし》こと芳乃《よしの》は、夫の殺害を企《くわだ》て、女中一名、按摩《あんま》一名を引き込み、金十二両で毒を購《あがな》い、これを吸い物に混ぜ入れて夫に食わせ、また按摩の鍼に毒を塗るなど、毒殺せんとした。しかしながら夫は生きながらえ、ために我自ら、短刀を用《もち》いて殺傷せんとしたところ、身の危《あや》うきを悟《さと》った夫が待ち構えさせた家の者たちにより捕らわれたものである。これに相違《そうい》ないか？」

奉行が、女が自白したていで書かれた書面を読み上げた。さらには通常の裁《さば》きでは決して言わないことを付け加えた。

「相違なければ、その首を上下に振り、うなずいてみせるがよい」

女がゆっくりと大きくうなずいた。くつわを嚙まされた口は何の感情もあらわすことができないが、目が嫣《えん》として笑《え》んでいることに誰しもが気づいている。

また、女がそうして僅《わず》かに身を動かすたび、立ちのぼるものがあった。

女の身から漂《ただよ》う、薫香《くんこう》である。

まさか入牢者が香を焚《た》きしめているわけがない。女の生体から発される天然の薫《かお》りだった。いかなる神妙な体質がそれを発するのか、馥郁《ふくいく》とし、だがどこか饐《す》えているような、男女を問わず、思わず鼻を近づけて深く嗅《か》ぎ取りたくなるような薫りなのである。それが、甘酸っぱいような女の汗の匂いと混じり合い、強烈な香気となって男達の鼻をひくつかせ、

——この薫りが元凶か。

その場にいる全員が、今しがた読み上げられた女の罪状はさておき、真《まこと》に大勢の人々を巻き込み、地獄《じごく》へ引き寄せたものはこれかと慄然《りつぜん》とするのだった。

中でも、奉行から同席を命じられ、衝立《ついたて》の陰からこの最終審問を聞いている内与力の岡田鉄心《おかだてっしん》などは、

——このままでは巻き込まれる。

という恐怖で、脂汗を流していた。

そもそも、何もかもが異様な裁きであった。

奉行が読み上げた書面も、通常であれば配下の者が調べ上げて整えたものであるはずだが、あの女について調査した者は皆無だった。老中《ろうじゅう》と大目付《おおめつけ》が、調査は一切無用と言いつけ、女を勝手に尋問することもまかりならぬと言うのである。しかもその上、「ご意向である」の一言で、奉行が読み上げるべき書面を押しつけてきたのだった。

町奉行として、大いに不審に思うのは当然であろう。

たとえ、町奉行が判決を下せるのは中追放《ちゅうついほう》までと決まっており、市中引廻《しちゅうひきまわ》しや斬《ざん》首《しゅ》は、老中の判断を仰《あお》がねばならないとしても、その判断のもととなるのは奉行所が

用意する調書のはずである。

またこの一件は、町奉行一人で処理できる「手限り《てぎ》」ではなく、町、寺社、勘定の三奉行に老中と大目付が加わって審議する「評定物《ひょうじょうもの》」であった。お家騒動のような大きな事件のときは、そのように処理するのだが、そこでも町奉行の意見が尊重されるのが通例のはずである。

それなのに、南町奉行所そのものが埒外《らちがい》に置かれたのだ。そのくせ審問は全て南町奉行所で行わされた。

またさらに、奉行とその内与力である岡田を憤慨《ふんがい》させたものが二つあった。

一つは審問の間、女が一言も喋れぬようにせよ、という老中からの指示である。かつて前例のないことで、それでは御定めを無視し、女を抹殺《まっさつ》したがっているとしか思えない。

また一つは、夫殺しを企てたことに対する処置についてである。これは御定めや前例に従う限り、市中引廻しの上、斬首となる。この斬首という点については問題はないというのが老中の意見である。問題は、市中引廻しについてであった。

「身代わりを立てよ」

という無茶な要求が、

「ご意向である」

たった一言でもって南町奉行所に押しつけられたのであった。

罪人の身代わりを立てて市中引廻しを行うなど聞いたこともない話である。

当然、奉行は評定所の審議の場で猛反発したが、老中は「ご意向」とだけ告げて譲《ゆず》らず押し切った。もしかすると老中自身、何も理由を知らず、ただお上からの命令をそのまま実行しているだけなのかもしれない。奉行と岡田はそう思わざるを得なかった。それほど、老中からの説明が皆無だったのである。

「本来ならば、人目につかぬよう葬《ほうむ》りたかったのであろう、な」

奉行は岡田に、声を低めてそう言ったものである。

「だが、名の知られた裕福な夫を、妻である女が殺そうとしたこの一件については、すでに市中でも大いに噂となっておるのだ。とても内々で処置いたすわけにいかぬ。市中では、いつ下手人《げしゅにん》の女が引廻しにて晒《さら》されるのかとしきりに人々が噂しているのだからな」

ゆえに、たまたま女を仮牢に入れることになった南町奉行所が、問答無用で無茶を押しつけられたのである。だが調査がなされない限り、本当に女が犯人かわからない。無実であるにもかかわらず、無理やり罪を着せられただけかもしれないのだ。

たとえ幕命であろうと、御定めに反し、無実の女の首を斬るわけにはいかない。奉行も岡田もそういう遵法《じゅんぽう》主義的な考えの持ち主だった。奉行は、幕府の文官として様々な役職を渡り歩き、法と制度に精通するとともにそれらを何より尊重するよう教育される。そういう人材でなければ、与力や同心を束《たば》ねて民政を担うべきではなく、奉行が、独断で岡田に女の調査を命じることになったのも当然であろう。

「貴様がひそかに聞き出せ。女がまことに夫を殺そうとしたのか、女の言葉をなぜ封《ふう》じねばならないか、聞き書きしてわしに渡せ」

そんなわけで、岡田が役所の一角にある牢へ足を運ぶことになった。

最も奥まった所にある、身分の高いものを一人で入れておくための牢である。これまた老中の言う「ご意向」で、その牢に入れていた。

幕閣の秘事《ひじ》に関わる可能性が高いため、岡田は人払いをし、単独で女と向かい合った。

むろん、牢の内と外である。間違っても狭い牢に入ろうとは思っていなかった。

にもかかわらず、岡田は気づけば牢の中にいた。

「中にお入り下さい。さすれば芳乃は全てをお話しいたします」

女が正座し、牢の奥の壁に右の肩をもたせかけ、横を向いた状態で美貌をこちらに向けてささやいたのを覚えている。身をくねらせるような、媚態《びたい》といっていい姿である。その身の薫香が、早くも牢の格子の間から漂い出てきていた。

そういうわけにはいかない、と岡田は突っぱねようとしつつ生唾《なまつば》を呑んだ。

すると女は、指先でもてあそんでいたさいころを三つ、床に転がした。

女のそばには、色鮮やかなすごろくの絵図が広げられている。

すごろくは、いわゆる奥女中を題材としたものだ。御城の奥にて働く女が、数多くの役職を経て出世し、最終的に、一番上の身分である中﨟《ちゅうろう》となって、奥を司《つかさど》る「老《ろう》女《じょ》」、「お側《そば》」、あるいは将軍の子をなした「お部屋様《へやさま》」になるよう、さいころの出目《でめ》で競う。

すごろくもさいころも、女の所持品として特別に牢に入れて良いとされたものである。普通はあり得ないことだが、それも「ご意向」だった。女が大人しく入牢する条件として、それらの二品が持ち込まれたのだ。

そのすごろくの上をさいころが転々とするさまが、なぜか岡田の目を奪った。

三つのさいころが、次々に赤い大きな点を上に向けて止まった。
一、一、一のぞろ目である。
それが気づけば、女の薫香に等しく、岡田の思考を奪っていた。

「まあ……。ぞろ目の一は、わたくしをお聞きになる出目です」

女が嬉しそうに微笑《ほほえ》んだ。

「なに……？」

岡田が、我ながら妙に嗄《か》れた声を発した。

「お香遊びは、香りを嗅ぐのではなく、聞くと言います」

女が両手で何かを持つようにし、手の中のものを嗅ぐような仕草をしてみせた。香合わせなどの香遊びで、渡された香炉《こうろ》を嗅ぐ所作《しょさ》である。岡田にも何となくそれがわかった。女を聞くという言葉が意味するところも。

「お香遊びのように、女をお聞きになられたことはありますか？」

女がささやきながら襟元を寛《くつろ》げた。僅かに覗く白い肌が岡田の目を打ち、強い薫香が鼻をついた。岡田はかぶりを振りつつまた生唾を呑んだ。

「わたくしの話を聞きたいのであれば、まず、わたくしをお聞きになって下さいませ」

女は、その身に触れろとは言わなかった。ましてや抱けとは言っていない。その薫香を感じるだけである。なぜかそれがまっとうな言い分に思われていた。まるで現実とは異なる理屈で成り立っている夢幻《むげん》の中にさまよい込んだ気分だった。

岡田は牢の中に入った。

そして、女の右手にある壁を目にして、呆気《あっけ》にとられた。

壁一面に、朱筆で詩が書きつけられていたのである。

感格鬼神　清浄心身
能除汚穢　能覚睡眠
静中成友　塵裏偸閑
多而不厭　寡而為足
久蔵不朽　常用無障

驚く岡田に、女が心地よく耳に響く声音で詠《えい》じた。

「感《かん》は鬼神に格《いた》り、心身を清浄《きよ》む。能《よ》く汚穢《おわい》を除《のぞ》き、能く睡眠《ねむ》りを覚《さ》ます。静中《せいちゅう》に友となり、塵裏《じんり》に閑《ひま》を偸《ぬす》む。多くして厭《いと》わず、寡《すく》なくて足れりと為す。久しく蔵《たくわ》えて朽《く》ちず、常に用いて障《さわ》り無し……。これらが、お香の十の徳です」

それは人の感覚を研ぎ澄まし、心身を清浄にする。

穢《けが》れを除き、眠気を覚ます。

孤独においては友となり、忙殺されるときは和《なご》ませてくれる。

多くあっても邪魔にはならず、たとえ少なくとも満足させてくれる。

長く蓄《たくわ》えていても朽ちず、常用しても害をなすことはない。

岡田は我知らずうなずいていた。これまた、まっとうなことを言っているように思われたし、雅《みやび》で清廉《せいれん》な印象があった。その岡田の手を、女がそっと握って引いた。岡田が女のすぐそばで両膝をついた。流れるような所作で女が岡田の頭を引き寄せた。これまでに何度も誰かに対してそうしたことがあるというように。手慣れているだけではなく、茶道や香道における所作のように、ある種完成されたといっていい動きであった。

岡田の鼻腔《びこう》を、女の薫香が満たした。女のかすかな汗の匂いが混じり、強烈な刺激となって岡田から一切の思考を奪い尽くした。四十後半にしては逞《たくま》しく無骨な岡田の双腕が女の身に巻きつき、その鼻面が深く女の胸の谷間に埋《う》められた。ほんの僅かに残った理性が今すぐ女の身から離れろと岡田に命じたが、身も心もそれに従うことはできなかった。さながら甘美な蟻《あり》地獄であった。

「さ、もっと、わたくしをお聞き下さって」

女が柔《やわ》らかに岡田の頭を抱いてささやいた。

「そう。そのように深く長く息を吸って、横へ顔を向けて吐《は》くのです。わたくしの身の真ん中に沿《そ》って……そこが、わたくしの聞筋《ききすじ》です。そう、そのまま下へ……」

女が着物の帯を緩めた。まるで香炉の扱いを教えるように、岡田の鼻面を双《ふた》つの胸の間から腹へ、へそへと移動させ、そして帯を越えた辺りで膝をやや開き、岡田の頬を左右の腿《もも》で挟むようにした。そうして、最も濃密な薫香を発する場所へと岡田の鼻を導《みちび》いていった。

女は、幼子《おさなご》でも膝に抱くように、穏やかな笑みを浮かべて言った。

「そのままあなたのお鼻で、わたくしをとくとお聞き下さい。あなたのお耳には、わたくしがお話をお聞かせします。わたくしのあがりが、このような場所になった経緯《いきさつ》を」

二

芳乃にとって、幼い頃から、すごろくに描かれているものが世界そのものであった。

ただ単に、何よりすごろく遊びが好きだというのではない。すごろくこそ人生の縮図であった。どこかに己のあがりがあり、そこに向かって生きていくのだ。

母がそうだった。まさに奥奉公《おくぼうこう》の出世すごろくを絵に描いたような人生を生きた。とある高位の方の御屋敷で、奥女中として働き、様々な役職をこなし、そしてその御屋敷であがりを拾ったのである。

つまり、その大名との間にもうけた子が、芳乃であった。

しかし大名が正室を迎えたばかりのことであったため、正室に遠慮せざるを得ず、母は大名の家臣の妻とされ、芳乃はそこの養女となった。

義理の父は、どこかよそよそしいが、生真面目《きまじめ》で律儀《りちぎ》な男で、芳乃の養育を厭《いと》うことなく母子の安泰《あんたい》に努めてくれた。物心ついた芳乃が、自分には今の父とは別に、本当の父がいると知った後でも、その態度は変わらなかった。むしろ母子をいっそう気《き》遣《づか》うようになったし、あるじの娘を養育していることで、その家は大いに優遇された。

——母はすごいあがりを拾った。

世の女達が何を望み、どのように生きているかを知るほどに、母のすごさを実感した。

奥奉公の出世すごろくは、いつしか芳乃にとって母の人生そのものとなった。自分も母と同様のあがりを得たいという思いが、芳乃の心に根づいた。

母が病で亡くなったとき、芳乃の夢は、お女中になることだった。母は最期の頃、

「そんな夢を見るなら、いっそ尼《あま》になりなさい。夢だけを見ていられるから」

と芳乃に言い遺《のこ》し、そして世を去った。

その母の言葉で、芳乃はかえって発奮《はっぷん》した。自分のようには上手くいかない。無理をするな。諦《あきら》めろ。そう母から言われたのだと思った。すごろく遊びが高じてか、父

ですら止められないような、人一倍、負けん気の強い性格に育っていた。

ほどなくして、そんな芳乃の思いが実現した。

親戚でもある藩の家老の屋敷を、父が芳乃を連れて訪れ、花見の宴席に出席した折《おり》のことである。

「奥奉公がしとうございます。母様がいらした御屋敷で働きたいのです」

きっぱり告げる芳乃に、家老がいたく感心し、そのように手配するよう約束してくれたのである。

芳乃が十三歳のときのことであった。

これに、なぜか義理の父が強硬に反対した。芳乃には必要ないというのである。だが武家であれば、年頃の娘を高名な御屋敷で侍女として奉公させるのは、どちらかといえば普通のことだった。高い身分の人々のもとで、行儀作法や礼儀を学ぶためである。むろん、そうなれば娘も箔《はく》がつく。嫁入りする際、決して損にはならないし、そうそう重労働を課されることもない。

芳乃には、父が反対する理由がわからず、

――私を手放したくないのだろうか。

当時は、そう解釈するしかなかった。よそよそしいといっても長年、ともに暮らしたのである。情が湧《わ》いたせいで手元に置きたがっているのだろう。だがそれではいつまで経っても己のあがりを見いだせない。今いる屋敷で一生を過ごすとは考えてもいなかった。

そう芳乃が談判すると、

「お前の母は……」

父はそう言いかけて口をつぐんだ。

ずっと後になって、母はあるじから愛されすぎた、と言おうとしたのだとわかった。

あがりを拾おうと躍起になる女達は大勢いる。彼女らにとって、母は今でも脅威《きょうい》であった。あるじの子を産んだ女だからだ。女子《おなご》であったからまだしも平穏でいられた。これが男子《おのこ》であったら騒ぎの一つや二つは起こっていたかも知れない。正室である御簾中《ごれんじゅう》様だけでなく、今は公然となった他の側室が、まさに母の子である芳乃をどう扱うか。父は不穏なものを感じていたのだ。芳乃の存在は波紋以上のものをもたらしかねなかった。

「御屋敷の奥は、男が関わることができぬ。わしも、そなたを守ることができなくなる」

それが義理の父の思い遣《や》りであるとは当時の芳乃には理解できなかった。せっかくの好機を台無しにしようとしているとしか思えなかった。

「芳乃は多くの女達がこれぞと思う通りにしたいだけでございます。あるじの御屋敷に奉公することに、何の不安がございましょう。父様には今まで養い、育てて頂いたこと、冥土《めいど》の母ともども心から感謝申し上げます。ですが以後、芳乃はこの屋敷の者ではないと思われても構いませぬ」

つい腹立たしくなって言い放ってしまった。

父の顔が奇妙に歪《ゆが》んだ。本当の父娘《おやこ》であると互いに思える日が来ると思っていた父の胸中を、このとき芳乃が紙を破《やぶ》くように引き裂いたのだと後で理解した。芳乃の言い方は、自分が属すべき場所はここではなく、本当の父がいる御屋敷だと言っているに等しかった。

父は芳乃のご奉公について、何も言わなくなった。

芳乃は長く住み暮らした屋敷を出た。そして同じ江戸市中にある、あるじの上屋敷へと移り住んだ。

その御屋敷の奥を仕切っていたのは、あるじの側室であるお初《はつ》の方《かた》である。正室の姫である御簾中様は滅多《めった》に姿を現さなかったが、お初の方を通して奥を支配していた。

お初の方はなるほど美貌の女性《にょしょう》であり、そのとき二十七歳であった。見事、あるじの男子をお産みになられたものの、その子は二歳で夭逝《ようせい》し、以後は子を授かることがなかった。そのせいか、美しいは美しいが、表情が乏《とぼ》しく、何を考えているのかわからない。常に正室の意向を気にし、汲々《きゅうきゅう》としている印象すらあった。子を死なせてしまったという事実が、彼女を悲嘆《ひたん》に暮れさせるだけでなく、身内からすら非難を浴びせられ、必死に正室にかしずくことで側室としての地位を守るしかないことに激烈な鬱憤《うっぷん》を抱えていたとは、初めて会ったとき芳乃には想像もつかないことだった。

「わたくしも御簾中様も、あなたの新たな母として接するつもりです。どうかあなたも、わたくしを母と思って下さいな」

お初の方が、言葉とは裏腹に冷ややかといっていいほど淡々と告げるのも、腹に面白からぬことを抱えているからではなく、それが御屋敷での礼儀なのだと芳乃は受け取った。

――女としてこれから学ばねばならない。

それが、己のあがりへ通じるのである。高位の者たちが集う御屋敷で、身につけるべきことは何もかも身につけねばならない。

芳乃の初々《ういうい》しい発奮は、しかし肩すかしを食わされることで始まった。

何しろ、あるじの血を分けた娘である。まさか奥奉公の出世すごろくのように、片《かた》っ端《ぱし》から色々な役職をあてがわれるわけがない。ほとんど養子のような扱いであり、確かに作法や所作は厳しくお初の方の指導を受けたが、それ以外は、遊んで暮らせと言われているようなものだった。奥女中達を相手にすごろくやかるた遊びをしたり、同じ年頃の、御簾中様やお初の方の侍女達と芸ごとに熱心に打ち込んだりしていればよかった。

あるいは、御屋敷の女剣術指南役である、お景《けい》という二十四歳の女性から、薙刀《なぎなた》や懐刀《ふところがたな》の扱いを学ぶこともあった。お景は、細身だがひどく大柄で、目つきも立ち居振る舞いも男顔負けに凛然《りんぜん》としている。おまけに袴《はかま》を穿《は》いている上に総髪であるときて、まるできりっとした若武者のようで、他の若い女中達から熱い眼差しを向けられるような女なのである。

その頃は、女性しかいない奥の世界でも、武家に生まれた者として武芸を学ぶべしという風潮がどの御屋敷にもあった。そのため、芳乃もすごろくにはない訓練に目を白黒させながらも、それはそれで楽しんで学んだものだ。

あるじが宴《うたげ》を催《もよお》したりすれば、奥住まいの女達も総出で加わるのだが、これはついに芳乃が体験することのないものとなった。

というのも、当時あるじは江戸不在であったのである。通常であれば、一年おきにあるじは国に帰り、正室は人質として江戸に残され、翌年またあるじが再び江戸の御屋敷で生活する、ということが繰り返される。

だがこの御屋敷のあるじは、上様の御不興を買ったとかで、もう三年以上も国元に帰ったまま江戸に来ることを許されずにいた。御謹慎がいつまで続くかは誰にもわからない。御屋敷の奥は、あるじを中心としてなり立っているはずが、その中心が長期にわたり不在だったのである。そのため、他の御屋敷ではたびたび催される宴も、芳乃がいた御屋敷ではお預けのままだった。

そのため御簾中様もお初の方もひどく寂《さび》しい思いを味わっていただろうし、国元であるじが別の側室をもうけたことも薄々察し、そのせいで胸中に忌《い》まわしい火種をくすぶらせていたのであろう。だが、御屋敷の宴というものを知らない芳乃にとっては、あるじの不在も、そういうものだと思うほかなかった。すごろくの中のような勝負を競う緊迫感とは無縁の世界であり、習い事は徹底的に厳しかったが、生活は華《はな》やかで優雅そのもので、不安や不満はあろうはずもなかった。

そうした日々が、いわば奥女中達の表の世界に過ぎないと芳乃が知ったのは、御屋敷に来てふた月ほど経った頃のことだ。

ある日、お初の方が行儀作法のお稽古《けいこ》ののち、こう言ったのだった。

「明日、お寺に参ります。あなたも一緒にいらして下さいね。道々のことは、お景に世話をさせます」

このときの違和感を芳乃は今も克明に覚えている。

侍女達が、そしてまた女中達が、みな一様に口をつぐみ、表情を消したのである。常に芳乃のそばにいて、付き人か何かの師のように振る舞うお景も同様であった。そしてその上で、じっと芳乃を注視するのであった。

まるで鳥籠《とりかご》に入れられた小鳥のような思いを、このとき芳乃は味わっていた。何対もの目が自分を見ている。それが意味するところは純然として残酷な興味であった。美しい蝶《ちょう》が蜘蛛《くも》の巣の網にかかったのを黙って見ているようなものだ。

奥ではみながみな、蜘蛛の巣の網に捕らわれているのである。一人だけ自由気ままに飛んでいるような芳乃という蝶も、ついにそのことを知り、同様の目に遭《あ》うときがきた。そういう、みなの期待のこもった眼差しが注がれていたと知ったのは、ことがひととおり済んだ後のことだ。

寺は、武蔵国《むさしのくに》の池上郷《いけがみごう》に広大な敷地を有する日蓮宗《にちれんしゅう》の大寺院であった。そこに月に一度か二度、お初の方を始めとして奥の女達がありがたいお経を聞きに行くのである。それは奥の女達にとって数少ない外出の機会であった。御簾中様もかつては頻繁《ひんぱん》に通っていたがその頃はもっぱら徳ある僧を御屋敷に招くことを好んでいた。そのため芳乃が御簾中様とともに寺に赴《おもむ》いたことはなかった。

芳乃は、その豪壮《ごうそう》なお堂に圧倒された。きらびやかな法衣をまとう老若《ろうにゃく》の僧達が、鉦《かね》を鳴らし、木魚を叩き、かぐわしいお香を炷《た》いて、激しく、ときに穏やかに誦《じゅ》経《きょう》する。それは壮大な音楽として芳乃の心を揺さぶり、感動のあまり涙が溢《あふ》れるほどであった。

なるほどこれが人々を極楽浄土に導いてくれるのか。人がその存命中、いかなるあがりを拾うか、あるいは拾わざるかは、全てこうした浄土の感動が原点なのだ。生きながらにして浄土に等しい場所に辿《たど》り着くことが、我が身のあがりに違いない——。

そんな、無邪気で純粋な思いでいっぱいになったものだった。

夕暮れどきに誦経が終わり、女達には食事が振る舞われた。酒も僅かだが出た。芳乃もそれを飲んだ。妙に苦味のある酒だった。芥子《けし》の汁が混ぜられていたと知ったのは後のことだ。

それから改めて神仏にお香を供える儀式があるとかで、ぞろぞろと別室に移動した。広大な寺とあって、はぐれれば迷子になってしまいそうな廊下を進み、広間に入った。

一隅に仏像が置かれ、様々な香炉やお香の道具がその前に並べられている。不思議だったのは中央に幾つも床の用意がされていたことであった。まさか眠りながらお経を聞くとでもいうのだろうか。疑問に思ったが、みな粛々と、当然のように床を中心にして座るので、芳乃も黙って指示された場所に座った。

お初の方、芳乃、お景の他、女性達は十五人ほどであったろうか。僧達は八名で、多くは年嵩《としかさ》であったが、一人だけほっそりした青年がいたのを覚えている。硬い顔つきで、いかにも周囲を拒絶している様子であり、ここには自分一人しかいないというように宙を見つめていたのが印象に残った。

やや記憶が曖昧《あいまい》なのは、振る舞われた酒のせいだった。頭がぼうっとし、やたらと体が熱く、鼓動がおかしくなっていた。

「極楽浄土は、香積如来《こうしゃくにょらい》ともいいます。浄土にいる人々は、かぐわしき香りのみを食事とすることから、そう呼ばれているのです」

その場で最も偉い高僧が講釈を始めた。初めて参加する芳乃のためである。茫々《ぼうぼう》としながら聞いていてふとそう気づいた。

浄土で人は、その功徳《くどく》によって九品《くほん》の階位のどこかに位置づけられる。上中下の三《さん》品《ぼん》がそれぞれ上中下に分かれる。これに倣《なら》い、お香の扱いも上中下の三品に分かれるという。

お香の上品は儀式において神仏に香・華・灯を供《そな》えることで、これを香《こう》華《げ》灯明《とうみょう》という。献香し、献花し、献灯し、献茶する——。

その高僧の講釈を聞きながら、肌がひやりとするのを覚えた。いつの間にか両脇にお初の方の侍女とお景がおり、芳乃の着物の襟や帯を寛げていた。己の胸元にうっすら汗が光っており、着物を寛げられた分だけ大きく息を吸うと、部屋に炷かれたお香の匂いが胸中を満たし、芳乃をうっとりとさせた。

その間にも僧の講釈は続いている。

中品は人々が集う場を浄《きよ》めるために炷くもので、これを空香《そらこう》という。すでにこの部屋と、あちらの床にも、それが炷かれている――。

下品はお香を用いた遊戯あるいは競技のことで、これを翫香《がんこう》という。これからこの部屋でもそれが行われるが、ただ遊び戯《たわむ》れるのではなく、上品である香華に至るための入り口のようなものである――。

芳乃の腹から帯が取られた。侍女が帯を畳んで脇に置くのを呆然と見ながら、芳乃は力の入らない手で抵抗しようとした。視界は朦朧《もうろう》とし、言葉がはっきり出てこず、

「何を……なさっているのですか……」

かろうじてそう言ったが、誰も聞いてはくれなかった。

お景が芳乃の両手を後ろに回してひとまとめに握り、他方の手で芳乃の着物を開いた。芳乃はその場に正座したまま身をあらわにされた。胸元の透けるような白い肌

が、体内の熱と羞恥で赤々と血の気を帯び、細かな汗を光らせた。堅く張り詰めた円い乳房の尖端《せんたん》は早くも硬く起ち上がり、まだ肉付きのひどく薄い腹にも汗が浮かんでいる。

腕を背後に回されたまま背を押され、膝立ちにさせられた。そのまま、僧達がいる方へにじり寄らされるのだとわかり、芳乃は激しくかぶりを振った。

「いや……いやです……」

だがお景に加え、二人の侍女が芳乃の両脇につき、二の腕をつかんで引いた。芳乃の膝がぐいぐいと進められ、横一列に並ぶ僧達のうち最も上座にいる高僧の前へ引き立てられた。朦朧とする視界に、満面の笑みを浮かべる老いた高僧の顔が迫った。頬を触れ合わせるほどの近さである。

「ではさっそく、香りを聞くとしますかな」

高僧が、芳乃の首元、鎖骨の間に顔を寄せ、すうーっと鼻で深く息を吸った。それから横を向き、ゆるゆると息を吐きながら、目を見開いて唸《うな》った。

「ほう、なんと……これはまた、かぐわしきかな」

そこで芳乃は、二つのことを理解した。高僧が聞くと言ったのは、女の体をお香のようにかぎ、味わうことであった。そしてまた、熱を帯びた己の体から、男を瞠目《どうもく》させるような薫りが漂い出しているのだった。

普通、自分の体臭を嗅ぎ分けることは難しいものだが、身が昂然《こうぜん》としたときに発するその匂いは、芳乃自身にも感じられるほど強烈であった。

自分の体がそのような匂いを持つとは思いもよらないことである。食事に何か混ぜ入れたのではないか。その可能性に初めて気づいた。だが、確かに朦朧とするのは芥子の汁のせいであったが、体の匂いは関係がなかった。体香を良くするための香り薬は古くから存在するが、よく効くとされるものほど大変高価であり、お初の方や身分の高い侍女達しか使ってはいない。芳乃の体香は、まぎれもなく天性のものだったのである。

「善《よ》きかな、善きかな」

高僧がしみじみと言い、鼻を移動させていった。鎖骨から胸の谷間へ、そしてへそへ向かい、そこでまた、すうーっと芳乃の薫香を聞いた。

体の中心に沿ってであり、それが芳乃の聞筋となった。聞筋とは、お香を聞くための聞香炉の正しい向きを示す筋のことだ。その体香を最も愉《たの》しめる聞筋は、女によってそれぞれ異なる、というのがここの僧達の考えである。体香が薄い女は、体の側面や脇の下など特に香りが強い場所を探り当てて聞く。逆に濃い女は、主に体の正中線に沿って聞く。どのように聞くのが最も良いか、その女の聞筋を決めるのもここでの愉しみなのだ。

高僧が前屈《かが》みになり、へそのさらに下へ鼻を移した。芳乃はぞっと寒気に襲われた。

「いやです……、お願いです……、よして……」

か細い声をこぼしたが、やはり誰も聞いてはくれなかった。高僧が芳乃の足の間に鼻を据え、淡い和毛《にこげ》が飾る桃色の秘所の尖《とが》りの辺りに、かすかに鼻先を触れさせた上で、すうーっとそこの薫香を聞いた。

芳乃は総毛立った。普通に触れられる方がまだましだった。三人の女達に押さえつけられ、初めて会う老人に、そこの匂いをたっぷり嗅がれるのである。非現実的ですらある光景に、まるで悪い夢の中にとらわれたまま目を覚ますことができなくなったような途方もない絶望に襲われていた。

高僧がとっくりと堪能し、ほくほく笑んで言った。

「これはたまらぬ。皆の衆、挙体芳香《きょたいほうこう》とは、まさにこれですぞ」

これは天然の芳香を放つ美女のことで、楊貴妃《ようきひ》がそうであったという。男では『源氏物語』における不義の子、薫君《かおるのきみ》がこれに当たるだろう。

「では私の番ですな」

高僧の隣にいる僧が待ちかねたように言った。一人三息が聞香の礼儀である。みたび芳乃の体香を聞いた高僧がうなずき、三人の女達が、芳乃の体を隣の僧の前へと移動させた。

「ほほう、まだしかと聞いていないのに薫香を感じますぞ」

僧が鼻を近づけた。後ろ手にとらわれた芳乃の左脇である。押さえつけられた脇から汗がにじんでいた。そこに鼻先をつけ、すーっと息を吸った。

「ふうむ……味わい深い。こうなるとやはり聞筋は身の正中ですかな」

先ほど高僧がしたように、胸の間からへそへと体の中心に沿って鼻を移動させながらひと聞きした。お景がぐっと芳乃の体を引き上げた。芳乃の両腿の間に僧が顔を入れやすいようにである。そしてまたもや、秘所に男の鼻先が触れ、思い切りそこの体香を吸われた。

い、い、い、

芳乃はめまいを覚えながら頭上を仰ぎ、喘《あえ》いだ。羞恥と屈辱で泣き叫びたいはずなのに、なぜか陶然《とうぜん》とした気分がわき起こっていた。身の熱がおかしいほど高まっている。両脚が小刻みに震《ふる》え、己の股ぐらに汗とは異なる潤《うるお》いとぬめりを感じた。

次々に残りの僧達の前に引き立てられるようにして膝をつかされ、己の体香を聞かされた。

最後に、末座にいる若い青年が残った。青年は宙に目を向けたまま芳乃を見ようともしていなかった。

お初の方が青年に尋ねた。

「その者を、お聞きになりますか?」

青年がすっと芳乃に顔を向け、男性にしてはひどく澄んだ声で告げた。

「私も、聞かせて頂きましょう」

お景や侍女達の手にぐっと力がこもった。芳乃は朦朧としながらも、自分をとらえる三人の驚きを感じた。それで、この青年が何やら特別な存在であることが察せられた。

お初の方が微笑んだ。

「どうぞ、お聞き下さい」

青年が顔を寄せ、芳乃の聞筋に沿って鼻を移動させた。首元で一息。胸乳とへその間で一息。そして、その鼻先が秘所の尖りに触れ、深く息を吸ったとき、芳乃は寒気や嫌悪感ではなく、なぜか甘い痺《しび》れが背を貫くのを覚え、ぶるぶると膝を震わせた。

青年が顔を離した。その顔に微笑みが浮かんでいる。唐突に、みなが愉しげな笑い声を上げた。青年が聞き上手であるゆえ、芳乃も感じ入っている、というようなことを口々に言うのである。青年への追従であることは明らかだった。

お香も女体も、神仏に献《ささ》げているのではない。芳乃はそう直感した。

全てはこの青年に献げられたのだ。この自分も。

――この人が、ここのあがりなのだ。

ぼうっと青年の顔を見下ろしながら、そんなことを思った。

三

のちにわかったのは、その青年こそ次代の寺のあるじと定められた人物であるということであった。末座にいたのは、青年自身が、己は若輩ゆえそこにつくべきと主張したからであり、さもなくば高僧のすぐ隣に座っていたであろう。

僧というのは様々に功徳を積まねばのような高い地位には就けないと芳乃は漠然と思っていたのだが、寺には寺の事情があり政治があった。青年はきわめて高位の身分であり、この寺に移ってのちは、御屋敷の御簾中様やお初の方、そしてまた僧達の悲願を叶える立場にあるのだった。すなわち、この寺が御屋敷の菩提寺《ぼだいじ》となるか否かについて、強い影響力を持っていたのである。

だが高位の身分ゆえ、青年自身にはさして念願するものとてなく、これ見よがしに贈賄《ぞうわい》されることを嫌う潔癖《けっぺき》な人物でもあった。

その青年を、女体の閨比べに引き込めたのは、お初の方の手柄であったという。

奥女中の寺通いは、そもそも、男に飢えた女達、女に飢えた男達、それらの歯車がぴったり噛み合うことによってなり立つものだ。ありがたいお経を聞くという名目で、寺の坊主達を買うのである。むろん、堂々と金銭を手渡しするのではなく、奥が御屋敷の財産を背景に、寺への寄進やお布施《ふせ》を約束するのだ。

結果、こうした大きな寺には、奥女中達が安心して奔放《ほんぽう》な遊びに没頭できる部屋が設けられるのだが、当初、青年は一向にその遊びに加わろうとしなかった。女に興味がないのではなく、何かの恐れゆえであると見抜いたのはお初の方だった。女を抱くときの淫戯《いんぎ》をけなされた経験があるか、さもなくば特異な性癖があって、それを嘲《あざけ》られるのを怖がっている。そんなところだろう。そう見当をつけ、試しに、遊戯の名目で存分に女体をもてあそべる遊びにいろいろと誘ったところ、閨比べに最も関心を持った風であった。

だが座に加わるくせに、興味がないという顔をしたがる。それでいて若い侍女達とは積極的に交わるし、淫戯に不足はないようであった。しかも、高僧に付き合ってやっているのだという態度を崩さない。ただ単に誇り高いというだけではなく、やはり何かを胸に秘めており、それを吐露《とろ》できずにいるのだとお初の方はにらんでいた。

その青年が、芳乃の体香を聞いたことで、お初の方も高僧も満面の笑みであった。二人とも、まるで芳乃が何か大きな手柄を立てたかのように褒《ほ》め称《たた》えた。

芳乃は床の布団の上に横たえられた。自分をとらえる三人の手が離れた。乳房の尖りは着物がかすめただけでも身が震えるほど敏感になっている。さんざん匂いをかがれた秘所が、じんじん疼《うず》くのを覚えた。ようやく辱《はずかし》めが終わった。そう思い、心底安堵した。だがそれは間違いだった。香遊びは始まったばかりだった。

　僧達数人が仏像の前に並べられた蒔絵《まきえ》の箱を取った。乱箱《みだればこ》と呼ばれる、お香の道具一式を入れる箱様の盆である。それを床のそばに持ってきた。お香を載せて炷く銀《ぎん》葉《よう》など香木と灰を扱う七つの火道具、身に塗《ぬ》って清める塗香《ずこう》が敷紙上に並べられた。

　だがそれ以外にも、芳乃が見たことのない異様な道具が取り出された。男性器を模した、木製の大小様々な張形《はりがた》。指に装着する小さな張形であるくじり。女性の秘所に入れて音を鳴らすりんの玉。両端に張形のついた、女性同士で挿入し合う互型《たがいがた》。女陰の潤滑に用いる丁字油《ちょうじゆ》。男根に巻いて太さを補う肥後芋茎《ひごずいき》。等々。

　どれも芳乃が身をもって使い方を知ることになるし、やがては大いに使いこなすことにもなるのだが、そのときは何の道具だか見当もつかなかった。

　芳乃のお披露目が終わり、芳乃の周囲で女達が次々に帯を解いた。襦袢《じゅばん》はまとったままだが裾をはだけ、灯明に照らされながら惜しみなく裸身を覗かせる。そうしなかったのはお初の方とお景だけだった。その二人は特別なのだ。いわば男側のあがりが青年であり、女側のあがりがお初の方で、お景は女達が無体な目に遭わぬよう見守る役だった。

十人余の女達がまずしたことは、居並ぶ僧達に己を聞かせることであった。芳乃がされたように、三息を礼儀とし、順々に体香を聞かせてゆく。最後の青年は、どの女も一息で聞くのをやめたが、それはいつものことのようで、女達も気にした様子はなかった。

「では、組香を始めたいと存じます。本日は、競馬《けいば》香となります」

お初の方が言った。全てが彼女の差配によって進行した。

競馬香は、賀茂《かも》神社の競馬《くらべうま》になぞらえた遊びだ。客は赤組と黒組に分かれ、香りを当てることで得た点数に従い、馬と騎手の人形を一ますずつ進ませ、先にあがりを拾ったほうを勝ちとする。

僧達が二手に分かれ、布団を挟んで向かい合った。一方の上座に高僧がつき、別の方の上座に青年がついた。

お景が盤と人形を用意し、半裸の女達が、乱箱の横に積まれた札を取った。札に記された数字の組み合わせに従い、異なる塗香を乳房や乳首、へその周りに塗っていく。

僧達が、布で目隠しをした。

を横たえたまま呆然と見守った。

「用意が調《ととの》いました」

お初の方が進行役となり、遊戯の開始を告げた。その一部始終を、芳乃は布団に身を横たえたまま呆然と見守った。

お初の方が指さした女が無言で立ち、最初にした通り、己を聞かせて回った。相手が視界を塞《ふさ》いでいるので、肩に触れ、頭をそっと抱き寄せるようにして、聞香を促《うなが》してゆく。

「ほう、これは……」

「うむ、わかりますぞ……」

僧達が口々に呟《つぶや》き、ときおり女達の尻や乳房に触れた。体香でどの女か当てることも遊戯の一部であり、香り以外にも体の感触で相手を特定しようとしているのだ。しかし鼻先しかつけてはいけないのが規則で、お景がしーっと息を鳴らして注意すると、みないたずら小僧のような笑みを浮かべて手を引っ込めるのだった。

女が元の位置に戻り、みなが目隠しを外し、自分達の手元にある札から、正解と思われるものを取って前に出した。この女香競馬では、四種から六種のうち、二つの香を当てればよい。それ自体は簡単だが、その香を帯びていた女の名を当てねばならない。客は、ずらりと並ぶ女のうち誰の肌に今しがた鼻をつけたかと真剣に見比べ、女達はさあ当てて下さいというように微笑んでいる。

黒組と赤組の僧がみな解答すると、お景が正解を告げ、得点を記録した。正解の女が立って盤の人形を動かす。一点で人形が馬に乗り、残りの点数分、盤上を進む。もし誰も得点できなければ落馬となり、再び乗るのに一点を要する。

それから、女が勝ち組のそばの布団に寝そべり、己の体香を当てた者たちへ微笑みかけた。勝った方の僧達が嬉しげに笑みを返し、負けた方は悔しげにかぶりを振ったりしている。つまり体香を当てた女が、勝った者達への景品となるのだ。

再び僧達が目隠しをし、女がまた一人、己を聞かせ、勝った組に侍《はべ》った。引き分けとなった女達は、布団の端に並んで座った。

その日は、高僧がいる黒組が勝った。女は六人ほどが黒組に、三人ほどが紅組に侍り、引き分けは二人ほどであった。

つとお初の方が立ち、帯を解いて襦袢姿となり、勝った組へ歩み寄った。そちらからは歓声が、負けた組からは悔しげな声が起こった。

——あがりだ。

芳乃は、僧達が恭《うやうや》しげにお初の方から襦袢を脱がせるさまを間近に見ながら、ぼんやりとそう思った。自分があがりを拾うのではなく、男達を競わせ、自分というあがりを拾わせたのである。

それが何を意味するか理解する前に、芳乃の周囲で嬌声《きょうせい》がさんざめいた。女達が僧達の衣を脱がせ、みな一糸《いっし》まとわぬ姿となった。僧達が大いに聞いた女達の身に今度こそ堂々と触れ、押し倒し、むしゃぶりついてゆく。どこを見ても、芳乃の視界は男女の裸体で埋め尽くされた。みな汗で光り、様々な匂いを放ち、声を上げている。並べられた淫具は一つ残らず使われたが、男が女に使うとは限らなかった。互いに、男だけ、女だけの生活を送る者達である。男同士、女同士で身を重ねていることもあった。いずれも一対一ではなく、多数が多数と触れ合っている。

引き分けとなった女達も、最初は勝った組へ、それから負けた組へ、両方の裸体の海に入っていった。芳乃はそれまで誰とも交わったことがなく、これほどの数の裸体を一度に見ることなど想像したこともなかった。男根や女陰にいたっては己のものすらまともに見たことがない。その芳乃に、みなが競うようにしてそれを見せつけた。幾つもの女陰に挿し込まれる、幾つもの男根を芳乃は見た。いずれもぬめりを帯びて輝いていた。互型《たがいがた》を用いた二人の女の女陰でそれぞれの張形が淫液と丁字油に濡れていた。肥後芋茎を巻き付けた男根を狭い女陰に押し込まれた女が、あられもない声で叫ぶのを聞いた。女陰にりんの玉を入れたまま男を迎えた女が、芳乃の目の前で男根を出し入れされるたび、りん、りん、と女の身の中で音が鳴っていた。

　ありとあらゆる淫戯がなされる中、お初の方はそこに溺《おぼ》れ込むというより、徹頭徹尾、そこにいる者達を差配《さはい》していた。誰がどの順番で自分に挑むのかを決め、女達が余らぬよう巧《たく》みに指示し、僧達も女達も同時に最大限愉しむようはからっている。お初の方がいるから、無秩序にならずにいるのだとわかった。また、興味がないというふりをしている青年も、彼が望む態度を崩さずにいられたし、女達の方から懇願して挑んでもらうという体裁を保てていた。

　そのお初の方の裸身は、確かに子を産んだとは思えぬほど美しかった。豊かな円い胸乳が激しく揺れるたびに男達の目を引き寄せ、艶やかな髪が汗に濡れた額にかかるさまは女から見ても溜息《ためいき》が出るほど婉然としている。だがその美貌も肉体的な魅力も、お初の方の本質ではなかった。己をあがりとすることで、彼女自身の魅力を倍増させていた。どれほど乱れ、猥然《わいぜん》としていながらも、彼女は美しいという思いをみなに抱かせているのである。

誰もがお初の方を貴重に思い、ありがたい存在として敬意を表しており、またその念を持続させるためにこそ、自分以外のあがりを存分に提供する必要があった。

芳乃は、お初の方がこの場に提供したもう一つのあがりだった。勝った組の男女が、互いに快楽をむさぼり合ってのち、横たわる芳乃に手を伸ばしてきた。

その頃には芥子の汁の効き目も薄れていたはずだが、周囲の光景に呑《の》まれ、身も心も痺れたようになって抵抗できなかった。

芳乃の身に塗香が施され、幾つもの男女の手がまさぐった。かと思うと、火道具のうち、灰を払う羽箒《はねぼうき》が幾つもその身を撫でた。全身をいらう羽毛の感触に、芳乃が切ない悲鳴を上げた。両方の胸の尖りをすっすっと羽で撫でられ、両脚を大きく開かされると、若い女陰と陰核も同様にされた。全身がぶるぶる震えっぱなしだった。自分の心をどろどろにする快楽の波に抗おうとしたが無駄だった。羽箒以外にも何かをされているようだったが、どこをどうされているのかわからなかった。己の体が己の物ではなくなる感覚に怯えたが、やがて恐怖ごと何もかも快楽の白熱に飲み込まれた。

芳乃の口から絶叫が迸《ほとばし》り、かつてない芳香が辺りに充満した。己の女陰から何かが熱く迸っているのを遅れて感じた。尻の下が温かい液体でぐっしょり濡れていた。自分がゆばりを盛大に漏らすとともに、全身が鮮烈な薫香を放っていたのだった。

ゆばりではなく、芳乃の体香にみながどよめき、一瞬、全ての手が止まった。

芳乃の虚《うつ》ろで切れ切れの意識が、そのとき二つのものをとらえていた。呆気にとられたお初の方と青年である。お初の方のおもてには何かを懸念するような表情が、青年のおもてには何かを羨《うらや》むような表情が浮かんでいた。

どちらも咄嗟《とっさ》に意味がわからなかった。だが二つとも印象に残った。そうした人々の内面にかかわるものを見逃さないのが、あるいは芳乃の才覚であったのだろう。とはいえ、そのときはもうそれどころではなくなった。

お初の方に促されて、青年が芳乃のそばに来た。青年のおもては、興味の無さを装う表情で再び覆われていたが、その双眸《そうぼう》は強い欲望に輝いていた。青年の唇が、芳乃の唇を奪った。芳乃はもがこうとしたが、このときも痺れたようになってなすがままとなった。青年は鼻でとくと聞いた体香を、今度は舌で味わおうとするように芳乃の身に口づけていった。聞筋に従って舐《な》め、かと思うとそれ以外のところにも舌を這《は》わせる。やがてその顔がへそより下へ向かい、今しがたゆばりを放ったばかりの秘所に口づけ、敏感な尖りを巧みに舐め回した。

その衝撃は芳乃にとって忘れられないものとなった。寺で聞いた盛大な誦経が頭の中でよみがえり、総身に鳥肌を立てて身を震わせた。目の裏に白熱する輝きを感じ、浄土の光を見た。さんざんなぶられた末に迎えた、生まれて初めての本格的な絶頂であった。

その甘美な感覚に呆然と心を宙に漂わせていると、ほどなくしてまた別の衝撃に襲われた。青年が己のもので芳乃に挑んでいた。逞しく脈打つものが己の秘所を割り裂くように侵入してきた。芳乃は悲鳴を上げたが、もはや自分が喜んでいるのか怯えているのかもわからなくなっていた。痛みは激しく、身中にわだかまる快感も激しかった。苦痛が快感と入り交じり、やがてひときわ甲高い声を上げたところで芳乃の意識はぷっつり途絶えた。

はっと目覚めたときには明け方になっていた。

裸のまま布団の中で丸くなって眠っていたのである。香遊びをしていたのとは違う部屋に運ばれていた。周囲では侍女達がすやすやと満ち足りた寝息を立てている。

芳乃は咄嗟に己の股ぐらに触れた。ゆばりを漏らした記憶がよみがえったが、秘所は綺麗に拭われ、布団はさらさらに乾いていた。代わりに、じんじん響く痛みを感じた。そこを割り裂かれたことを思い出し、自分が大事なものを喪失したという衝撃を覚えて身を強《こわ》ばらせた。淡い哀切を感じたが、そこで思ったのは、自分があがりにされたということだった。理屈はまだこのとき何もわからなかったが、お初の方が自分をあの青年に献げたことはわかった。

――私のあがりではない。

薄暗い部屋の中で、芳乃はそう思った。使われ、献げられただけで、何も得てはいない。それから、二人の顔を克明に思い出していた。お初の方の何かを懸念する表情。青年の何かを羨む表情。それらが何を意味するのか考えた。そして、自分のあがりはどこにあるのかと繰り返し己に尋ねた。

芳乃が十四歳のときのことであった。

四

お初の方の目的は、芳乃を他の侍女達のように飼い馴《な》らし、自分の命令を聞くようにすることだった。その後、経験を積んだ芳乃からすれば、まことに性急に過ぎる仕儀であった。おそらく芳乃の母への敵愾心《てきがいしん》を抑えられなかったのだろう。

母は若くしてあがりを拾った。その分、あるじも若かったし、その心に母の存在は鮮烈に刻み込まれることとなった。あるじだけでなく、正室にとっても。母の存在は、正室である御簾中様の心に一条の影となってつきまとい続けた。母が病で死んだ後でさえも。

それは側室のお初の方にとっても同じである。芳乃は自分では意識していなかったが、顔立ちも立ち居振る舞いも、その体香に至るまで、母にきわめてよく似ていた。お初の方は脅威を感じたのだ。あるじが戻ったとき、芳乃を溺愛《できあい》し、他の子らをおろそかにするようなことになれば、お初の方は御簾中様の憤懣《ふんまん》を一身に浴びることになる。お初の方は心からそれを恐れた。側室となったときから、ありとあらゆる手段で、御簾中様に飼い慣らされていたのである。

自分が坊主どもの餌食《えじき》になったことを、さぞ御簾中様は喜んだに違いない。そうはっきりと理解するのに、時間はかからなかった。

だが理解したとしても、どうするのが良いかは簡単には思いつけず、その間、さらにいろいろと経験をさせられることとなった。

御屋敷では、もっぱらお景が、芳乃の相手となった。

「そなたに施しを与え、存分に馴らすよう、言いつかっておる」

お景はそう言って、芳乃の割り裂かれた女陰を丁字油や馬油、あるいは薬膏《やっこう》で手入れをし、その上であらゆる淫具を用い、馴らしていった。お景の稽古の時間は、芳乃の体を馴致《じゅんち》させ、その女陰を寛げることに費やされた。

しばしばお景の手で後ろ手に縛り上げられ、秘所にりんの玉を入れられ、帯だけ巻いた姿で、お初の方や侍女達の前に引き出された。そうしてお景は、芳乃の馴致がいかに巧みに進行しているかを、お初の方達の前で誇らしげに披露するのである。彼女らの前で大いに鳴かされ、侍女達と睦《むつ》み合ってのち、お初の方の秘所に、芳乃が口で施すのが常であった。芳乃は男への口戯を張形で覚えさせられ、女へのそれをお景の秘所で覚えさせられた。お初の方は芳乃の舌使いを誉め、飼い猫か何かのように気安く芳乃の体をなで回した。

ほどなくしてお景の施しは、芳乃の女陰だけでなく、菊門《きくもん》にもおよんだ。数度目の寺通いのときには、芳乃は両方の穴で、同時に男根を受け入れることが出来るようになっていた。

また、お景は芳乃の監視役として、堂々と床を共にするようになった。

寺通いでは滅多に着物を脱がないお景が、ここぞとばかりに、男勝りに鍛え、引き締まった裸身をあらわにし、張形を用いて女同士の悦びをあらゆる方法で芳乃に仕込むのである。芳乃は、お景になぶられるとともに、お景を味わった。その小ぶりで堅い弾力を持った胸乳を味わい、その身の中で最も柔らかな秘所を手と口と淫具で慰《なぐさ》め、女同士で挑むというやり方を知った。

芳乃が挑むとき、お景は侍女達よりもむしろ甘やかな声を上げた。そのお景の鳴き声を、芳乃が可愛いと思うようになるまでに、一年もかからなかった。

――私をあがりにするにはどうしたらいいのか？

お初の方に景品扱いされたままでいるつもりは毛頭なかった。芳乃は、自分がようやく奥奉公の出世すごろくの中に入ったのだと思っていた。遊びで知るすごろくではない。その身を用いた、飼うか飼われるかのすごろくだった。

さらに芳乃は、その奥奉公の本質を早くから見抜くこととなった。

——みな、華やかな牢獄にいるのだ。

自分の意思では一歩も外に出られず、もちろん自由な恋愛などままならず、月に一度か二度の寺通いのほかは発散の機会もなく、女同士の競い合いに終日を費やす。

芳乃の思いは、とっくにその外側に広がっていた。

——牢獄なら番人がいる。

それは誰だろう。

誰がこの牢獄を維持しているのか。誰がそのための多額の金銭を管理しているのか。本当にこの奥を支配しているのは誰なのか。

芳乃は、奥ではなく、御屋敷そのもののあがりを見据えていた。

そしてそれに手を伸ばすには、まず何より自分が連れて行かれた寺で、お初の方に等しく、己をあがりにするすべが必要であった。

五

籠絡《ろうらく》。

芳乃がその言葉を知ったのは、実際に幾人も、そのようにしてのけてからのことだ。

——すごろくのあがりが一番偉い。

最初に芳乃が思いついたのは、寺での女体香遊びに、さいころを持ち込むことだった。

すごろく遊びにかけては自信があった。ただ遊戯が上手いという自信ではない。その面白さや本質を知っているという自信である。そして事実、それは目論見《もくろみ》通り、芳乃に見事な成功体験を与えた。

「さいころを用いて聞香の相手を決めませんか」

芳乃の提案の意図は主に三つあった。

まず、三つのさいころの目の組み合わせのうち、ぞろ目を自分の数とすることである。特に、一、一、一が狙いであったが、それは容易に、提案者である芳乃のものとなった。

確率的にはどの数の組み合わせも同じである。どれが出やすく、どれが出にくいというのはない。だが数の組み合わせには特別な意味があると人は思いがちだ。特に同じ数が三つ揃《そろ》うと、それだけで価値ある何かが起こったような気になる。そしてその価値はそのまま芳乃を特別視することに通じる。

次に、お初の方の差配が力を失う場を作ることである。お初の方ですら、さいころの目は自由には出来ない。お初の方も、出た目の結果に従うしかなかった。

むろん、いかさま用のさいころは幾らでもある。さいころに蠟《ろう》を塗るなど、一面を重くするだけで、特定の目を出やすくすることは可能なのである。さらにさいころ自体に入念な細工を施せば、常に同じ目が出るようにすることもできる。そこまで芳乃がやるとは誰も思っていない。蝶よ花よと育てられた世間知らずの娘が、奥の裏の世界にずぶずぶとはまっていっているとしか思われていないうちに、主導権を握るべきだった。

さらには、男達をも景品の立場に引き込むことである。

これは青年の表情を読み解くことによって、そうすべきと確信したことだ。初めて青年のもので貫かれた日、青年のおもてに浮かんだ羨ましげな表情。熱のこもった眼差し。

あれは、乱れる芳乃に欲情したのではなかった。芳乃がされたように、自分も誰かの手によって乱されたいという思いの表れだったのである。

だが男としての面目《めんぼく》がそれを許さない。男がみなの注目の中で声を上げて乱れるなどということはあり得ないと考えている。その面目を保った上で望みを叶えてやるには、不運を用意するのが効果的だ。うっかり、ろくでもないさいころの出目を引いてしまったが、場を白けさせてはならないので、渋々と従うという体裁を取り繕ってやるのである。

果たして、さいころの導入に最初に賛成したのは青年であった。芳乃が見抜いた通りである。芳乃と青年の利害は一致していた。お初の方の差配に従っていては手に入らないものを手に入れたい。そして二人ともそれを手に入れた。

一、二、三の続き目を出した男が、女達に混ざって体香を提供することとなった。最初にそれを引いた僧は、みなの失笑を買いながら、困りきったような笑みを浮かべて従った。その光景を、青年が歯を嚙みしめて羨むさまを、芳乃は注意深く見守った。

もともと、男同士で挑むこともある世界にいる男達である。男の体香を聞くことにもさして抵抗はない。みな笑いながらも恥と思ったり嫌悪で顔をしかめるといったことはなく、それが青年を安堵させたことも芳乃にはわかっていた。
四、五、六の続き目を出した女は、逆に男達に混じって、体香を聞く側となった。ときには女の方が多く聞き側になることもあり、男達は女に聞かれるというそれまでにない体験を愉しみ、お初の方が想定していなかった悦びを得た。
男女の入れ替わりが常態化したところで、芳乃は見栄っ張りなところが比較的ない、無難で扱いやすい僧に目をつけ、これを衆目の中で責めた。芳乃が女達数人に加え、お景を引き込んでのことだ。

その僧を四つん這いにさせた上で動くことを禁じ、よってたかって淫具で責めた。一人が下に入り、女陰に男根を迎え入れた上で、お景に互型でその尻を犯させ、芳乃が同じく互型で口を犯した。そこへ女数人が羽箒で僧の全身をはき回したのである。

僧は、女達のように悦楽で汗みずくとなって身を震わせた。互型をはめ込まれた芳乃の女陰を眼前にしながら、口にくわえさせられたそれを吸いつつ、お景にゆるゆると背後から責められてくぐもった悲鳴を上げ、最後はわけの分からぬことを口にしながら、ぶるぶる尻を痙攣《けいれん》させて猛烈な勢いで果てた。

男が乱れに乱れるというさまに、誰もが絶句し、魅入られたようになった。

芳乃は互型を僧の口から抜き、それを己の女陰にはめたまま、ちらりと青年を見た。

青年も芳乃を見た。

「次の出目が楽しみです」

芳乃が言うと、青年は生唾を呑んでうなずいた。お初の方が何かを言って青年の気を引こうとしたが無駄だった。お初の方では青年の望みを叶えてやれなかった。青年の強烈な欲求の矛先は、すっかり芳乃がいる方を向いていた。

またこのとき、芳乃は別の目論見を達成している。お景である。長らく寺通いに同伴しながら審判役をやらされていたのだ。お初の方にとっては女達を従わせることのできる貴重な存在だったが、このお景もまた青年と同様だった。遊戯に参加する者達を羨みながら、己の立場や面目のせいで内心悶々としていたのである。

そのお景を責め役として導入し、そのまま遊戯に加えるのはたやすいことだった。お景にもぞろ目を与えた。五、五、五である。その出目は、お景が体香を提供し、男達あるいは女達によって責められることを意味した。

そういうとき、お景は屹然《きつぜん》と口をつぐみ、声を出すまいとするのが常で、そうなると逆に、いかにしてお景の口を開かせるかをみなで愉しむことになる。耐えに耐えてのち、ついに我慢がならず嬌声を上げ、悔し涙を浮かべて乱れる、というのがお景に与えられた恍惚《こうこつ》であった。むろんその涙は、体面を保った上で得るべきものを得た悦びによるものだ。

耐えに耐えたのは青年も同じである。それまでの頑《かたく》なさが、さいころにも乗り移ったものか、なかなか彼が望む出目は現れなかった。芳乃がさりげなく、特定の目が出やすくなるよう細工したさいころとすり替えても、一向に出ない。望みのものが目の前にあるのに得ることが出来ない青年の鬱憤は、それを得たとき、白熱の歓喜となって爆発した。

一、二、三——待望し、恋い焦がれたその出目が現れたとき、青年の喉が、ひっ、と悲鳴のような声を上げた。いつまで経っても得られなかったものをふいに得たことで、驚きに打たれたのである。

青年が忌避《きひ》する目が出てしまった。誰もがそう思った。お初の方や僧達が青年を気遣い、さいころの振り直しを勧めたが、青年は無言で出目を見つめたままだ。これを逃せば、もう二度と得られないかも知れない。青年がそう思っているのが芳乃にだけはわかった。

「さいころは神仏のお告げにございます。さあ、潔く従いませ」

芳乃が天真爛漫《てんしんらんまん》といった調子を作って言い放ってやった。お初の方がぎょっとなったが、それでようやく青年はうなずくことが出来ていた。

「良いでしょう。とくと我が身を聞いて頂きましょう」

青年が言うと、当然のようにみなその意気を褒め称えた。面目は守られたまま香遊びで体香を聞かれた青年は、それだけですっかり恍惚となった。そして出目に従い、芳乃とお景が、女達数人の手を借り、めちゃくちゃに青年を責めた。さすがに激しすぎたかと芳乃があとで不安になるほどであったが、それこそ青年の望みそのものだった。芳乃やお景をふくむ数人がかりで次々に尻を責め、あらゆる姿態を取らせ、ひとたび精を放っても許さず、二度、三度と責めた。そしてついには、芳乃が最初の夜にそうしたように、盛大にゆばりを迸らせたのであった。

男女が悦楽の果てに迸らせるものは眞液《しんえき》と呼ばれ、長寿の秘薬とみなされている。青年が絶叫しながらまき散らす滴《しずく》を、みながありがたがった。

青年は涙を流しながら心を桃源郷に漂わせ、望みのものをようやく手に入れたことで、以後、芳乃へのひそかな感謝の念を抱くことになった。むろん芳乃は無邪気な天真爛漫さを装いながら、しっかり青年の心をとらえていた。

こうして芳乃は、寺通いにおいて幾つものあがりを手中に収めた。

芳乃が十六歳のときのことだった。

六

あの寺を菩提寺に、という願いを巡《めぐ》って、様々な者の思惑が入り乱れていた。寺の者達はむろん、お初の方や御簾中様にも思惑があった。御簾中様はもともと信心深い方であったが、それは日蓮宗に限った。他は邪宗とさえ思っていたらしい。寺通いで出会い、以後はあるじの不在時に、御屋敷に招くようになった数人の僧達の影響であろう。

だが実現するには、彼ら以外の承認が必要である。御屋敷のあるじはむろんのこと、家老がおり、そして御屋敷の財政を司る勘定方《かんじょうがた》の男がいた。

芳乃は、まず勘定方に狙いを定めた。奥女中への支出を握る存在である。また、金回りにこそ御屋敷の様々な秘事が隠されていることを芳乃は理解していた。育ての父が、武家にしては珍しく勘定ごとに神経を使い、健全な財政を心がけるたちだった影響もある。

武士ほど金回りに疎《うと》い者はいない。たびたびお上が倹約《けんやく》を奨励《しょうれい》するのもそのせいだ。勘定方が重宝されるのは、たいていは無理を通させるためで、足らねば平気で借財する。父のように帳簿にきちんと目を通す者の方が希《まれ》だった。

御屋敷の帳簿を見たい。それが芳乃の次の目標となった。そこに何があるかは見てみねばわからない。そしてそのために勘定方を籠絡した。

お景と、もう一人、若い奥女中に手伝わせた。お多恵《たえ》という十四歳の少女である。芳乃と同様、すでに奥の裏の世界で淫戯を仕込まれている。仕込んだのは、もっぱらお景と芳乃だ。芳乃はあえてお景と同じく、お初の方の侍女達に言うことを聞かせる役目を自ら担っていた。表向きはお初の方のためだが、むろん実際は芳乃の手飼いを増やすためである。

奥には男が入れないので、芳乃達の方から御屋敷を移動する必要があった。そういうとき、お景の存在は大変便利だった。普段から男装をしている女剣術家である。ときに男達の稽古に混じって竹刀《しない》を振るい、馬を駆る。勘定方も武士であれば、公務の合間に稽古の時間を持っても不自然ではない。

お景がいろいろと口実を設けて勘定方を稽古に誘い出し、馬場や道場の一角で、香遊びの縮小版というべき悦楽のときを過ごさせてやった。勘定方はろくに女の経験がなく、籠絡するのは簡単だった。大した淫戯を施す前にたやすく精を放ち、呆然自失となってしまうのである。それを徹底的に責め立て、生娘《きむすめ》のような悲鳴を上げさせてやったものだ。

勘定方はあっという間に芳乃のものになった。帳簿を写して持ってきてくれと言えば、すぐさまそうした。表向きの帳簿の他に、実際の支出を記したものも、ほいほい持って来るのである。お景やお多恵に交わらせながら、芳乃は帳簿に隠されているものごとを全て勘定方に話させた。御屋敷の重職にある者達による、公金の着服である。着服とも呼べないような少額のものもあったが、もちろん金銭の多寡で片付く問題ではない。あるじの財産を横取りしているのだ。

何のためかと言えば、たいてい女を囲うためである。あるいは考えなしに勢いで囲ってしまい、捨てるに捨てられず、維持費を必要とする者もいた。商家であればその程度のそろばんは脳裏ですぐに弾けるはずだが、武士らしい金への疎さが、目の前の情を優先させ、あとあとどうなるかという想像力を失わせるのだろう。いざとなれば腹を切る。そういうおかしな覚悟が、ますます金回りというものから目を逸《そ》らさせてしまうのである。

そんな男は、いずれつけを払うことになるのだから、自分がそれを払わせても問題ないはずだ。それが芳乃の考えである。そして実際、御屋敷の重職にある者のうち、最も力がある者を狙い撃ちにした。

自分の奥働きを斡旋《あっせん》してくれた、家老である。

公務を通して、とある商家の男と懇意になり、妾《めかけ》を斡旋されたという。一人ならまだしも、二人、三人と増やしてしまった。男相手には峻厳《しゅんげん》としていられるが、芳乃がお願いしたとき、すぐに言うことを聞いてくれたように、とにかく女に甘いのである。

芳乃はこの家老を籠絡した。

家老であれば奥に近いところまで招ける。病人が出たとか、あるいは公務とみなされる言い訳さえあれば、中に入ることもできた。引きずり込めばあっという間である。横領の証拠である帳簿を見せた上で、家老にとっては一切金のかからない、芳乃とお景とお多恵の三人で、めちゃくちゃに責めた。寺の青年にしたことをそっくりそのまま施し、代わる代わる四人で交わった。

家老にとって、芳乃がすでにあがりの価値を持っていることも助けとなった。何しろ、あるじの娘なのである。禁忌の念がかえって男を燃えさせることを芳乃は知っていた。孫に等しい、主君の血を分けた娘の裸身がのしかかってきて、これを振り払える男ではなかった。

露見すれば家老は死ぬ。女を囲い続けるために横領を働いた上、あるじの娘に手をつけたのである。腹を切ることすら許されない、不名誉な死を迎えるかもしれない。そういう緊迫感がむしろ快楽を呼ぶかのように、家老は芳乃という蟻地獄にはまり込んだ。

芳乃は、御屋敷と奥の金回りを把握し、いざとなれば何でも融通できるようにした。本格的に掌握することさえ可能だったかもしれない。

お初の方は何も知らなかった。寺通いの言い訳が前より通りやすくなり、奥の財政がなぜか潤うようになったと感じているだけである。

寺通いは月に一度か二度であったのが、多いときには五度六度となった。

お初の方が月のもので憚《はばか》られるときは、芳乃が寺通いを差配した。お景が芳乃をしっかり監視していると安心していたのだろう。そういうとき、覆面《ふくめん》をした武士らしき男達が香遊びに混じった。僧達は、彼らが御屋敷の重鎮であると感づいていただろうが、誰も、彼らを偽名以外の名で呼ぶことはなかった。

こうして芳乃は、御屋敷と奥と寺のあがりとなる、ある一件について、真に影響力を振るう存在となった。寺を菩提寺とするか否かである。その件が本格的に浮上してきたとき、御簾中様もお初の方も、何か異様なものを感じたのであろう。御簾中様の懇願だけでなく、家老と勘定方がともに勧めたことで、国元のあるじが了承に傾いていた。

それなのに、正室も側室も喜べないようであった。彼女らのおもてには、自分達の大事な何かが、根こそぎ奪われてしまうのではないかという不安があらわれていた。

芳乃にその気さえあれば、奥を裏から牛耳《ぎゅうじ》ることもできていたであろう。御簾中様のお相手をしている僧達を籠絡し、正室たる女性の秘事を握ることもできた。

だが芳乃の心にあったのは、

――私のあがりではない。

という思いである。

寺の青年も、勘定方も、家老も、芳乃に達成感を与えてくれはした。だが、母が得たであろうあがりには、ほど遠いのである。むしろ、母がどれほど素晴らしいあがりを得たか、お初の方と同様、思い知らされた気分だった。

そもそも芳乃は、側室になることをあがりにすることができない。あるじの子らは、異母兄弟である。我が身をもって籠絡することも、嫁に行くことも不可能だった。もし血がつながっておらず、嫁に行けたとしても、本当にその相手が御屋敷のあるじになるとは限らなかった。病で死んだり、お家騒動が勃発《ぼっぱつ》したり、という不安もある。それにだいたいあるじの息子らというのは、あるじが生きている限り大した権限を持てないのである。

御屋敷の切り盛りをする権限を持つはずの家老や勘定方ですら、この御屋敷を本当に支配しているのではない。菩提寺の一件が浮上したとき、はっきりとそれがわかった。最後に決定を下す者こそ真の支配者なのだ。

芳乃はその頃、しきりに実家を思い出すようになっていた。養父の顔を。だがそれは本当の父ではなかった。御屋敷に来て何年も経つのに会えない相手。面影すら定かではない存在。それが父であり、あるじであり、真の支配者であるという想念がわくのである。

母のあがり。それこそ、自分にとってのあがりではないか。

いつしか芳乃は、そう考えるようになっていた。

芳乃が十八歳のときのことである。

七

「嫁にいきとうございます」

芳乃がそう言い出したときは、誰しもが驚き、そして大勢が困惑した。

いつの間にか、ありとあらゆる弱みをつかみ、男女の別なく次々に籠絡する芳乃は、決して怒らせてはならない相手とみなされるようになっていた。それが御屋敷から去りたがっている。自分からいなくなってくれる。普通はひと安心だが、同時に芳乃がもたらした悦楽の渦を失うのはあまりに惜しかった。お初の方ですら、その頃には芳乃が思いつく遊戯に引き込まれるようになっていたのである。

中でも特に、お景は悲嘆に暮れるほどであった。彼女は御屋敷の女剣術指南役である。嫁に行く芳乃に、侍女として付き従うことは出来ない。芳乃が御屋敷を出たら、滅多に会うことも出来なくなる。

芳乃は、そうではない、あなたを客として招けばよいと言って、お景をたっぷり慰めてやった。お多恵と一緒にである。芳乃はお多恵を連れて行くことを決めていた。

家老と勘定方は、芳乃が嫁入り相手として指名した男の名を聞き、一様に眉をひそめた。

御屋敷に出入りし、妾の斡旋も行う、商家の男だった。家老を通して、芳乃は何度かこの男と会っている。もちろんただ会うだけではない。あっさり籠絡してもいた。

商家の男の方は、家老から芳乃の願いを聞かされ、ぎょっとなった。商家らしい頭の回転の早い男だったし、妾の斡旋を長く行っていたことから、芳乃という女の本性を誰よりも賢く理解していた。

芳乃は、何か途方もない目的のために自分を利用する気だ。商家の男はそう思った。だが拒むことは出来なかった。家老の斡旋で、御家人株を買わされ、身分としては問題ない男となった。それだけの準備に一年以上かかった。さらに、養父を説得し、国元の本当の父を説得するのに、半年近くを要した。いったいなぜ、芳乃がそれほどまでの努力をしてでも、この男に嫁に行きたいのか、誰もわからなかった。

だがなんであれ、目指すあがりを芳乃が逃したことはない。

芳乃は、新たに屋敷を与えられた元商家の男のもとに、嫁入りした。

二十歳のときのことである。嫁入りにしてはとうのたった年齢であるが、誰もそのようなことは言わなかった。ある者は、芳乃が何をしでかすか不安に思い、ある者は、芳乃がいなくなった寂しさで苦しんだ。

約束した通り、お景のことはしばしば招いて慰めてやったし、彼女を通して御屋敷の様子を知ることができた。寺通いも、しようと思えば出来たが、ぱったりやめていた。そこにはもう芳乃のあがりはなかった。寺の青年はその後、そこのあるじとなった。青年も、終生、芳乃の存在を忘れることはできないだろうと高僧にこぼしたという。

芳乃はただ待った。あがりは明白だった。それが手の届く場所に来る日を待ち続けた。

そうしながら、いつでも望みが叶えられるよう、真意を隠して用意を調え続けた。貧苦から妾になりたがっている美貌の女がいる。そういう話が、元商家の男と家老を使い、国元のあるじの耳に入るようにした。それはかつて、あるじが側室にし損ねたある女に、よく似ていると。

芳乃は待ち焦《こ》がれた。青年が寺でそうしていたように。耐えに耐えた分、成就したときの悦楽は激しいものとなる。そう自分に言い聞かせ、ただひたすら、待望の出目が現れるのを待った。

それがもたらされたのは、嫁入りから三年後のことだ。

将軍様がお怒りを解き、国元のあるじが江戸に戻ることになったのである。

芳乃はただちに用意をさせた。家老も勘定方も、お初の方ですら、誰もかれもが言いなりになった。

ある女性を、御屋敷のあるじに引き合わせる。

みなそう思っていた。その女性が、芳乃本人であると知っていたのは、元商家の男だけである。何しろ、肝心な引き合わせの段取りは全て、芳乃の夫にして傀儡《くぐつ》であるその男がするのである。

「狂《くる》うているのか？」

ある晩、その元商家の男は、己のものを女陰に迎えてまたがる芳乃に、真顔で訊《き》いた。

薄々そうではないかと疑っていたような訊き方である。

芳乃は、己の夫となった男の働きを誉め、お多恵や籠絡した屋敷の女中を呼ばず、自分一人で大いに淫戯を駆使してやっているところだった。そうしながら、元商家の男が怯えながらも完全に自分の支配下にあることを改めて実感した。狂女を嫁にしてしまったのではないかと恐れる男を可愛らしいとさえ思った。

「狂うてなどいませんよ」

芳乃は優しく言ってやった。

「ただ、わたくしのあがりが、そうなっているのです」

元商家の男は、かえってすくみ上がるほど芳乃を恐れながらも、その分だけ悦楽に震え、大いに芳乃の中で吐精し果てたものだった。

それからほどなくして、運命のときが訪れた。

その日、乗物に乗って移動する間、芳乃の胸は高鳴り続けていた。これが本当の嫁入りというものではないか。そうとさえ思った。

目的地は寺だった。香遊びに耽《ふけ》ったのとは異なる寺だ。奥女中の坊主買いにせよ、妾の紹介にしろ、寺ほど便利な場所はない。あらゆる身分の者が訪れることができ、誰からも不審に思われることがないのだ。

一室に案内されると、衝立の陰に待ち望んだ相手がいるのがわかった。

芳乃は衝立を挟んで、相手の存在を感じた。早くも身が熱を帯び、体香を発していた。

「よき香りぞ」

衝立の向こうから親しげな声が飛んだ。

「こちらで酌《しゃく》せよ」

芳乃は昂揚で息を詰まらせながら、粗相《そそう》があってはならないと己に言い聞かせつつ衝立の向こう側へ回った。顔を上げようとしたが緊張でできず、ゆるゆると手酌で盃《さかずき》を口に運んでいる男に侍り、酌をした。

その芳乃の身からは、かつてないほど熱く濃い薫香が漂い出している。

ふいに男が、酌をする芳乃の手をつかみ、引き寄せた。

「まこと、よき香りぞ……」

男が懐かしむような調子でささやき、芳乃の鬢の辺りに鼻を寄せ、すーっと吸った。

その男の行為のおかげで、緊張が解けた。自分が何をすべきか明白になった。寺で何度もそうしたように、帯を寛げながら男の頭を引き寄せ、己を聞かせた。

男が芳乃の聞筋に沿って鼻を滑らせ、乳房の間に頬をうずめた。かと思うとその顔を上げ、芳乃のおもてを真っ直ぐ見上げた。

「話通り、似ておる」

男の眼差しと声が哀調を帯びた。その胸中に消しがたい女がすでにいるということが明らかな表情であった。御簾中様やお初の方が忌まわしく思った女。今では芳乃ですら、そう思っていた。この男の胸中にこそ、己のあがりがある。そう考え、強烈な使命感とすらいえるほどの熱情がわき起こるのを感じた。

「どうか、わたくしを、お聞き下さい」

熱に浮かされたように言い、着物をはだけた。

男はそうした。香遊びとは異なり、最初から鼻と舌で芳乃を味わった。それらが聞筋から離れ、また戻ってくる。そうしてだんだんと下方へ向かい、ひときわ強く薫香を放つ箇所へと導かれていった。すでにそこは芳乃にもそれとわかるほど潤いが溢れ出している。

男は芳乃を仰向けに横たえ、大きく脚を開かせた。男がそこへ顔を近づけ、口づけた。

衝撃が芳乃を貫いた。かつて寺の青年にそうされたときの衝撃をはるかに上回った。全身が震え、熱く切ない悲鳴を上げた。男は芳乃があまりにたやすく悦楽に呑まれるのを見て驚いたが、嫌悪はせず、愉しげに微笑みを浮かべ、さらに芳乃を責めた。

幾たびも桃源郷にいざなわれてのち、芳乃も男が望むままにその身を慰め、男の体香を味わった。これがあがりなのだ。まさに夢にまで見た瞬間がほどなくして訪れた。

男を迎え入れたとき、何もかもが輝きの中に埋没するようであった。己も男も等しく浄土におり、互いの体香のみを糧《かて》とし、感は研ぎ澄まされ、心身は清められていった。

己の中で男が動くたび、それまでに味わってきた全ての絶頂を一度に味わうようであった。恍惚に我を忘れ、芳乃はますます強く激しく切ない悲鳴を迸らせた。

芳乃が二十三歳のときのことだった。

八

逢瀬《おうせ》は幾たびも行われた。

男は芳乃を側室に迎える意向を固めつつあった。

元商家の男は、病に罹《かか》ったように血の気の引いた顔のまま戻らなくなった。まさか引き合わせた女が、自分の嫁であるとは言えない。ましてや血のつながりについてなど、口にした瞬間に己の死が決する。

懊悩《おうのう》し苦悶した元商家の男が出した結論は、芳乃に毒を飲ませて殺すことであった。男には病で急死したと言えばいい。その後、何食わぬ顔で、若くして死んだ嫁を弔う。

夫である男がそう考えていることは、芳乃には手に取るようにわかった。屋敷にいる者は全て自分の支配下にある。御屋敷の奥暮らしで鍛えられた芳乃からすれば、元商家の男の企みなど筒抜けも同然であった。

——では、そのようにしてあげよう。

いずれ元商家の男は惑乱《わくらん》がきわまって余計な真似をするに違いない。そう判断してのことである。そして元商家の男が購入しようとしていた毒を先に買い取った。屋敷で雇った若い女中と、ついでに元商家の男が気に入っている按摩《あんま》を籠絡し、二人に毒を盛らせた。一方は食事に入れさせ、他方は鍼灸《しんきゅう》を用いて体内に注入させた。

元商家の男はひとたまりもなく倒れたが、死にはしなかった。身が不自由になっただけである。芳乃は内心で舌打ちした。元商家の男が買おうとしていた毒が弱かったのだ。商人だったくせに、まがい物をつかまされたわけだった。こうなれば自分で購い、楽にしてやろう。

そう思ったが、別の思案も湧いていた。身が不自由なのを苦にして自殺したことにすればよい。その方が、毒の売り手を探す危険も省ける。

これまで多くの男に浄土の悦楽を与えてきたが、冥土に送るのは初めてである。そう考えると、わけもなく胸が高鳴った。これはこれで、一つのあがりであろう。

そんな風に思う自分は、狂うているのだろうか？　そんな疑問を抱いたが、たとえそうであったとしても、これ以外に己の道はないのだという思いが強かった。選択肢がないわけではない。他に多くの選択肢がある中、最も望むあがりを選び続けた結果だった。

結果、それは芳乃を、別のあがりへ導くこととなった。

ある晩、懐刀を忍ばせて夫に侍り、介護するふりをしながらその刃を抜いた。一息に胸を突き殺してやろうとしたとき、隣室の戸が大きな音を立てて開いた。

そこに、見知った者達がいた。

屋敷の者達はもとより、家老、勘定方、お景、お多恵までいて、みな悲痛と恐怖で蒼白《そうはく》となりながら、一斉に芳乃につかみかかり、取り押さえたのであった。

後で聞いたところによれば、元商家の男が必死に助けを求めたことで、人々が集まったのだという。だがそれは、元商家の男を救おうとしてのことではなかった。芳乃が恐るべき所業に出たことを知り、自分達の身を守るためにしたのである。

男と芳乃の逢瀬が露見した理由は、薫香であった。

御簾中様が、男の着物に染みついた芳乃の薫香を嗅ぎ取り、それがどんどん強まっていくのに気づいたのだという。果ては、男の体そのものから、芳乃の薫香が漂い出していることを確信したのであった。

それはまた、御簾中様にとっても忘れ得ぬ、忌まわしい薫香であった。

御簾中様は絶叫した。もちろん悦楽の叫びなどではない。恐怖と憤怒《ふんぬ》の叫喚《きょうかん》であった。

このことは、すぐにお初の方の知るところとなった。

家老も勘定方も知った。お景は最後まで否定しようとした。だが否定できなかった。

真実を知るのは芳乃である。すぐにも芳乃に質《ただ》さねばならない。そんなとき、家老宛に、元商家の男から助けを求める手紙が届いたのであった。

取り押さえられた芳乃は、自分が望み、したことを、つぶさに語ってのけた。それは素晴らしいことであり、現世で味わうことの出来る最上のことであるとまで言った。

儒教が政治と倫理を支配する江戸において、芳乃は、肉親同士でことに及ぶという、最悪の禁忌を破ったのである。

家老と勘定方は棒立ちのままぶるぶる震えて絶句し、お景はくずおれて泣き、お多恵は何かひどく醜いものを目の当たりにしたというような険しい顔で芳乃を見ていた。

身が不自由となった元商家の男が、ろれつの回らぬ口調で、

「お奉行……、お奉行……」

そう繰り返していた。

役所に報せ、芳乃を突き出す。夫を殺そうとしたのである。すぐさまそうするのが当然だった。だが誰も動けずにいた。芳乃が何を喋るかわからなかったからだ。といって、ここにいるみなで芳乃を殺し、口を封じることもできない。あるじの娘を殺傷する勇気は、誰にもなかった。

奇妙に膠着《こうちゃく》する中、彼らを支配していたのはやはり芳乃であった。逃げはしない

と告げて身を自由にすると、みなの前で堂々と帯を寛げ、こう言ったのである。

「わたくしと、最後の香遊びをいたしましょう」

八方塞がりで混乱しきった者達は、やはりたやすく芳乃の思うがままになった。

恐怖で震える男達を迎え入れ、泣きじゃくるお景に己を責めさせ、嫌悪で顔を背けるお多恵をみなで責めて恍惚でとろかし、病んで不自由となった夫にまたがり、芳乃は昂然と、ありとあらゆるあがりを拾った己を自ら寿《ことほ》ぎ、悦びの声を上げるのだった。

九

翌日、お多恵が南町奉行所に行って役人を呼んだ。芳乃は大人しく縛についた。

そして、大勢が死んだ。

御屋敷では、家老と勘定方が内々で裁かれ、死罪となり、藩主自らその首を刎《は》ねた。

お景は悲痛に耐えられず、冥土で芳乃を待つと書き置きし、川に身を投げて死んだ。

お初の方は寺での乱痴気騒《らんちきさわ》ぎが発覚して追放され、その後すぐに急死した。病死とされたが、あるじと芳乃との間で何が起こったか露見せぬよう、口を封じられたのかもしれない。

お多恵は失踪し、行方が知れなくなった。亡骸《なきがら》が見つからないだけで、お初の方と同じ運命を辿ったのだろうか。

元商家の男も、体調が急激に悪化して死んだ。これも誰かの意図によるものかどうかはわからない。屋敷にいた者達も一人残らず消え、もぬけの殻の建物が残った。

寺の僧達も淫行を咎められ島流しとなり、青年のみ咎《とが》めはなかったが、国元の実家に帰され、二度と江戸に来ることはなかった。

必死に隠そうとしたのだろうが、噂が立つことを封じることはできなかった。訴えがあったことはすぐに広まり、元商家の男を殺そうとした女がどう裁かれるのか、多くの江戸町民が注目していた。

そうしたことを芳乃はすでに獄吏を籠絡して知っていた。

「これが、わたくしのお話です」

芳乃がささやいた。岡田は牢内の壁に背を押しつけ、目を見開いている。二人とも着物を羽織《はお》っただけの姿だった。経緯を語る間ずっと、互いを責め立てていたのである。

岡田には、なぜそのような真似をしてしまったのかもわからない。目の前の女の手《て》練手管《れんてくだ》にあっさり呑まれたのだという認識もなかった。ただ、役所のど真ん中で気づけば囚人と交わっていたという事実に驚愕していた。

「お奉行様にお伝え下さい。疑いのあるところあれば、ここへいらして下さいと」

芳乃は妖《あや》しく微笑んで言った。岡田の次に奉行も来ることはわかっていた。岡田は巧みにごまかし、適当な話をでっち上げられるような人間ではない。全て話すだろう。そして奉行はそのような話が真実かどうか、芳乃本人に訊きたくなるはずである。

——それが、ここのあがり。

芳乃はそう思って満足を覚えた。

果たして、最後の審問がなされたとき、芳乃はお白州に集う男達の主な面々と、すでに身を重ねていた。

それが、お白州にみなぎる緊張と、老中の異様な指示を守り、芳乃の猿ぐつわを誰も外そうとしない理由であった。

このとき芳乃の胸中にあったのは、言いようのない満足感と、感謝の念であった。

さいころのぞろ目が己を価値ある存在にしてくれたように、大勢が巻き込まれれば巻き込まれるほど、己の存在は長く語られ、恋い焦がれた男の心に残されるのだ。

奉行が市中引廻しと死罪を申し渡したときも、同じ思いだった。最後のあがりを拾う覚悟はできていた。声を封じられたまま、うなずき、そして引き立てられた。

誰にも見られないよう、御屋敷から提供された乗物に乗せられ、南町奉行所を出て、小伝馬町《こでんまちょう》の牢屋敷へ運ばれた。

そこの拷問蔵《ごうもんぐら》に連れて行かれ、そこの座敷の上で、初めて猿ぐつわと縛めを外された。

竈《かまど》には鍋がかけられ、何かが湯気を立てていた。その匂いから、芥子の汁だと察した。死罪に処される者の恐怖を和らげるためだろう。処女を失ったとき同じものを飲まされたのを思い出して笑みが浮かんだ。

その前に、慈悲として、酒と菓子を与えられた。それらをありがたく口にしながら、与力から、引廻しの代理が市中を巡らされていると教えられた。

しかもそれは、岡田の姪なのだという。ここでも芳乃というるつぼに、誰かが巻き込まれたわけだ。

芳乃は満足と感謝を込めて頭を下げた。出来れば巻き込まれた女性と睦み合いたいと思った。自分が彼女にとってのあがりになってやりたいと考えたのである。もはや常人の思考ではないが、芳乃にとってはそれが常識だった。

芳乃が菓子を平《たい》らげると、与力が同心数人を呼び、真っ赤な縄を用意させた。

「引廻しを引き受けた娘が苦辱に耐えておる間、そなたをこれで浄めよう」

陰陽五行に従い色分けされた縄には罪穢《つみけが》れを祓《はら》う力があるとされている。罪人を浄めることが捕縄術の理念である。

芳乃が帯を寛げる前に、同心たちがさっと近づき、馴れた手つきで着物を剝ぎ取り、裸体を縛につけていった。ただ縛るだけでなく、蔵の梁《はり》に縄をかけ、そこに芳乃を吊《つる》した。

これは芳乃も経験したことのない行為であった。地面に対して平行に、手足を背に回して折りたたまれた姿で、顔と秘所と尻をさらしながら宙づりにされるのである。

さらに与力が手ずから鍋の中身を椀ですくい、中身を芳乃の秘所と乳房に塗り、僅かに芳乃にも飲ませた。察した通り、芥子の汁だった。

――これも、あがり。

この辱めもまたそうなのだ。その思いがほどなくして陶酔の中へ溶けていった。寺通いで幾度も味わった快楽が襲ってきた。身が汗を帯び、秘所が疼《うず》いた。身が震え、口がよだれでいっぱいになり、それを飲み込むこともできず垂れ流した。

罪人なのだから笞《むち》打たれるのだろうかと思ったが、それ以上の責めはなかった。裁きが決した者を、さらにこの上、拷問して自白させる必要がないからだ。

そのままかなり長いこと吊されたが、縛めが巧みであったせいで、手足の血流が停まることもなく身そのものは無事であった。

それ以外の何かが失われつつあるという思いに襲われたのは、身の疼きが限界まで高まったときのことであった。秘所を羽箒でひと撫でされただけで絶頂に至るに違いないと思い、そこでふと、いつもあるはずのものを感じないことに気づいた。

薫香である。これほど悦楽で汗と愛液を滲《にじ》ませ、よだれまで垂らすほどなのに、その身が発するはずの香りがなかった。いや、あるのだろうが、あまりに薄らいでいて自分では感じられなかった。

これが浄められるということなのか。いや、薫香のみが神仏に献げられ、汚れた血肉は地獄に堕ちるということだろうか。そう思って芳乃は生まれて初めてといってもいい恐怖に襲われた。数々の男女を籠絡し、ついに目指すべき男をも手に入れる鍵であったものが消えてしまう。必死に身をよじり、汗とともにそれが漂い出すことを期待したが無駄であった。番をしている与力や同心たちに鼻をひくつかせる様子はなく、女が責めに悶《もだ》えているとしか思っていないのがわかった。

「望めば最後にお情けを与えるが、今しばし耐えよ」

お情けというのが何であるかは即座に理解した。今すぐそれが欲しかった。そうすれば薫香が戻ってくるかもしれないと思い、何度も訴えたが、男達にその気はないようだった。芳乃と交わりたい思いはあるのだろうが、務めを守ることを優先しているのである。そんな態度を男に許したことなどなかったのに。

消えないで。芳乃は我と我が身に懇願した。せめて薫香を己の一部として冥土に逝《い》きたかった。それが奪われるなど想像もしたことがなかった。

恐怖ですっかり惑乱し、お情けを、お情けを、とうわごとのように呟くうち、唐突に蔵の戸が開かれた。

芳乃よりも若く、初々しく、乱痴気騒ぎなど一度も経験したことがなさそうな美しい娘が、縄で縛められ、息も絶え絶えの様子で、与力に付き添われて入って来た。引廻しが終わったのだ。これで縛を解いてもらえる。男達と交わって香りを取り戻せる。

「お、お情けを……」

よだれを垂らしながら哀願したが、ここでもまた突っぱねられた。

「いいや。この者の方が先だ。お前の身代わりとなって引廻しに耐えたのだぞ」

そう言って与力が娘を座敷にひざまずかせ、縄を解きながら着物を剝ぎ、そして背後から貫いた。娘の朦朧としていた目が見開かれ、その口から切ない叫びが上がった。

縛められたままの芳乃の前で、娘が恍惚となって絶頂を迎えた。与力が娘から己のものを引き抜くと、次々に他の男達が娘に挑んだ。あらゆる淫戯が駆使されたが、娘がそれまでろくに経験していないことはその反応から明らかであった。

芳乃は、寺で初めて香遊びに放り込まれたときの自分をまざまざと思い出した。そのとき、お初の方や青年の表情になど気づかねば、何かが違ったかもしれない。誰も不幸な目に遭わなかったかもしれない。あるいは、あの寺での遊びを、自分のものになどしようとしなければ。養父のいる屋敷に戻っていれば。母と同じあがりなど求めなければ。そんな思いが次々にわいてはどこかへ消えていった。

　そして気づけば、薫香があった。その肌からではない。ひどく悲しく切々とした吐息とともに、口中から溢れてきたのである。

　芳乃の目に涙がにじんだ。あの娘が何かをもたらしてくれたと思った。ただ巻き込まれたのではなく、冥土へ逝く上で必要な、それが何であるか説明しがたいものを、与えてくれたのである。

　ふいに身が揺れた。同心たちが芳乃の縄を解《ほど》きにかかっていた。地面に下ろされ、痺れた手足で震えながら座敷にいざり寄った。そうして、仰向けにされて男に貫かれた娘の顔の上に、己の顔をかぶせるようにして覗き込んだ。

　娘が熱く潤んだ目で見返し、芳乃の頬に手を当てた。

　芳乃も娘の頬を撫でた。

「ありがとう、わたくしの代わりに……」

その背後で、男達の誰かが固いものを芳乃の秘所に当て、ぐっと押し込んだ。芳乃の口から薫香が熱い息とともに溢れ出した。娘がその薫香に引き寄せられるようにして口を突き出した。芳乃はその娘の唇を吸い、吐息とともに薫香を娘の体内に注ぎ込んだ。あたかも娘が芳乃の薫香を引き継いでくれるというように。

それがまことに最後の香遊びとなった。味わったのは娘一人であったが満足だった。周囲にいる全ての男達が二人に挑み、そして果てていった。

いつの間にか岡田が蔵の中に立って、その光景を呆然と見ていた。そういえば娘は岡田の姪であった。御屋敷のあるじのために差し出したのだ。

差し出されるのはいずれ彼らの方になるだろう。そんな思いが湧いた。それが差し出された者の運命である。自分がお初の方によって僧達に差し出されたように。これからは娘が、あがりを拾う番となるだろう。

娘の体内に己の薫香をすっかり移し終えたような思いであった。

やがて男達が全て果てたのち、芳乃は白湯《さゆ》を振る舞われた。息を整え、同心たちに身を拭われ、すっかり浄められた思いで立ち上がり、身繕いをした。

横たわったまま呆然とこちらを向いている娘を見つめ、改めて感謝を込めて頭を下

げた。それから与力達に促され、蔵を出て牢屋敷の敷地を移動した。

向かう先は刑場である。

芳乃はその最期の場所に膝をつき、首を差し出した。なぜか自然と、ささやきがこぼれた。

「さあ、わたくしをお聞き下さい」

刃が振り下ろされた。

芳乃の首が胴から離れた瞬間、途方もなくかぐわしい薫香がたちこめ、男達が一様に息を呑んだ。それもまた、芳乃のあがりであったろう。望み通り己の薫香と共に冥土へ去ったのである。むせかえるほど強烈なそれは迸る芳乃の血とともに溢れ出し、首と亡骸が運び去られてのちも、長い間、死にゆく人々を慰め、あるいはいざなうかのように、刑場に漂い続けたという。

別式女《べっしきめ》、追腹始末《おいばらしまつ》

「どうじゃ。悪い話ではなかろう。小西《こにし》のことをお前が憎からず思うていることは見抜いておった。そなたと小西伊太郎《いたろう》が眼差《まなざ》しを交わす様子はいかにもただごとではないと感じておったのじゃ。わしの目は節穴《ふしあな》ではないことがわかったであろう」

老父《ろうふ》の得意顔を、景《けい》は微笑んで見つめ、

「はい。お父上にはかないません」

目と目を合わせて堂々と言ってのけた。

父は、景が感謝しているはずだと信じて疑わない。破顔《はがん》し、自画自賛してうなずいた。

「この縁談はいつでもまとめることができる。何しろ、あるじのお墨付《すみつ》きなのじゃからな。そなたを奥向きの剣術指南《しなん》役に、というお話も、この縁談があれば万一の間違いもなくなるというものじゃ」

「道場の方はいかがなさいますか？」

「つねづね考えていた通り、笹原《ささはら》へ任せる。伝書《でんしょ》もつつがなく授受《じゅじゅ》し終えたしのう。笹原め、よほど頑張りおったようでな、伝書料にずいぶん包んできおったぞ。あれで家がもう少し富裕であったなら、そなたを笹原と妻合《めあ》わせることも考えんではなかったが……。いやいや、笹原は門人《もんじん》にも人気が高く、面倒見も良い上に、御屋敷への出《で》稽古《げいこ》も評判は上々じゃ。道場を任せるのはあの男をおいて他にはおるまい。いずれ、良き縁談をまとめてやらねばな」

父の長々とした話し方は、いかにも世渡り上手の者がしそうな、自己への称賛と、一方的に誰かを己の秤にかけて値段を弾《はじ》くことを当然と考える傲慢《ごうまん》さに満ちている。

父はいわゆる高名な剣術家であった。だがそれ以上に、諸家からの支援を取り付けることにかけては商人顔負けの交渉上手である。剣の間合いを読む眼力を、人の思惑《おもわく》を読み取ることに向けた結果だろう。おかげで裕福になったが、亡き母が生前、娘たちにしばしば漏らしていたとおり、人品はどこかで失ったらしい。

景を誰に嫁《とつ》がせるかどうかという話題にしてもそうだし、景にとって大切な二人のことを、商売の品か何かのように比較することに対し、景がどう思うかなど一顧《いっこ》だにしない。

そしてそんな父に穏やかな顔を向けながら、景は内心でこう思っている。

あなたの目はまことに節穴でありますよ。

足下で本当は何が起きているか、決して知ることはないでしょうね。

父が話したいことを話し終えたところをみはからって、景は言った。

「道場へ行って、笹原に伝書のことをねぎらい、こたびの私の縁談のことを話して参ります。ついでにひと汗流そうかと思いますが――」

「よいよい。行ってこい」

自分が満足するや、あっさりと相手への関心を失う。これも世渡りが得意な者の特徴だ。

景はさっさと退室し、支度《したく》を調えて住まいを出た。

いわゆる別式女《べっしきめ》の出《い》で立《た》ちである。刀腰婦《とうようふ》、あるいは帯剣女《たいけんめ》とも呼ばれる。袴《はかま》姿で佩刀《はいとう》する、侍の姿をした女のことだ。お歯黒《はぐろ》もせず、髪も結《ゆ》わず総髪《そうはつ》にし、男装を平常の出で立ちとして江戸の町を闊歩《かっぽ》する。特に奥向きの武芸指南を生業《なりわい》とする者のことをいい、泰平《たいへい》の世であるからこそ武家らしい女が珍重《ちんちょう》されるようになったため、そのような者がまかり通るようになった。

とはいえ必ずしも女の意志でそのような立場になるわけではない。父のように四人の娘に恵まれたものの一人の男子も生まれず、妻が亡くなった場合がそうだ。

父は、上の三人を富裕な家に嫁がせることに血道《ちみち》を上げたが、四人目も娘であったことから男子の跡継ぎを諦め、景を別式女とすることに決めた。幸い、景にはその素質があった。父は立派な女武芸者として道場を任せられるほどに育て上げ、そのような娘の婿《むこ》にふさわしい、可能な限り裕福でお上《かみ》と血縁を持つ門人が現れるのを待ったわけである。

ちなみに、母が病《やまい》で亡くなってのち父が再び妻帯《さいたい》しなかったのは、母に操《みさお》を立てていたからではない。妾宅《しょうたく》があったからで、そちらの維持に金がかかったからだ。妾《めかけ》の方も、父の期待には応えられなかった。どのような因業が働いたものか、こちらも産むのは娘ばかりで、男子を一人もなせなかったのである。

そのような経緯はさておき、景に不服はなかった。剣術だけでなく、薙刀《なぎなた》や馬術も容易に習得した。女の出で立ちをしたいときにはそうすることができたが、むしろ多くの女たちのように裾を引きずるようにしながら歩かずに済んで幸いだと思っていた。同じ年頃の娘に比べ、ずっと自由に外出することもできる。

そんな景が父とともに住まうのは、父が支援を取り付けた家の御屋敷の一角である。景が幼い頃は、道場に隣接した家に住んでいたが、剣術指南役として長らく家臣と同等に扱われるうち、得意の処世術でもって御屋敷に入り込んでしまったのだった。

景の生家にもっぱら住まうのは、父が道場を任せると決めた笹原勢埜介《せいのすけ》である。景にとっては兄弟子のような存在だ。

景が着いたときには夕刻になっていた。未婚の男が住まう家に景が赴《おもむ》いても父はまったく心配しない。別式女となるべく育った景の振る舞いゆえでもある。日頃から凛として男を寄せつけず、ふしだらな真似とは無縁と父に思わせていた。だがそれ以上に、父は、道場に関わる人々は例外なく自分の意図通りに動くと馬鹿みたいに信じ切っているのだ。

——父は何もわかっていない。

そう思うと、つい笑みが浮かんでしまう。

道場宅に入ると、笹原勢埜介が、盆に酒と肴《さかな》を載せているところだった。景を振り返り、その精悍《せいかん》なおもてに意外なほど優しい笑みがあらわれた。

「お景。今日は来ぬのかと思うていたぞ」

「父の話が長雨《ながあめ》のごとく続いて」

「災難だったな。伊太郎が待っている。行こう」

勢埜介が笑って盆を持ち、道場へ向かうのを、景は勇《いさ》ましい歩み方で追った。そうしながら景の胸の中では早くも鼓動が高鳴っている。切ないような気持ちが込み上げてきて息まで荒くなっていた。

勢埜介は涼しい顔だ。渡り廊下を通り、裏口から道場に入った。

道場はすでに戸締まりを終えている。行灯《あんどん》が二つともされ、ちらちらと揺らめく灯りの中に、床の用意がされていた。そしてその上に、女がいた。

きわめて見目麗しい女である。着物を着て化粧をし、髪飾りを幾つもつけている。前髪が艶《つや》めいているのは鬢《びん》付け油をたっぷりつけて形を整えているからだ。実はそれは鬘《かつら》で、髪飾りが多いのは地毛に固定するためだった。

女が、景と勢埜介を振り返って微笑んだ。

「来てくれたんだね、お景さん」

やや高いが、まぎれもない男の声で、そう言った。

「遅れてすまぬ、伊太郎」

景が言った。その声は昂揚《こうよう》のせいで掠《かす》れ、むしろこちらが男の声のようだ。景は一つ咳払いし、床の上に相手と並んで座った。

勢埜介が二人の前で床の上に盆を置き、あぐらをかいて徳利《とっくり》の中身を猪口《ちょこ》に注《そそ》いだ。

それを口にふくみながら、愉《たの》しげに目を細めて、床の上の男と女を眺めていた。

「伊太郎、お景。おれは、少しばかり飲《や》ってから加わろう。ここで見ているが、いいか」

「あい」

答えたのは女の方である。いや、女の出で立ちをした小西伊太郎であった。

その伊太郎へ、男の出で立ちをした景がにじり寄り、手をつかんで引き寄せ、相手の頭を肩で抱くようにした。艶めく笑みをたたえた伊太郎の美貌《びぼう》を、景が切なげに見つめ、どちらからともなく唇《くちびる》を吸った。

伊太郎の唇が景の首筋へと降りてゆき、景は熱い息を長々と吐きながら背を反《そ》らした。笹原が猪口を手にじっとその様子を見つめており、景と目が合うと、口の端に小さな笑みを浮かべてみせた。

柔らかな伊太郎の口を首筋から胸元へ感じながら、優しげだが熱のこもった勢埜介の視線を受け、景はますます息を荒らげながら疼《うず》くような歓喜の波に我が身をなげうっていった。

――最初は私が見ていたのに。

景が、二人のことを知ったのは、ずっと前のことだ。

何の用事かも今では忘れたが、道場宅へ赴いたところ、ふいに奇妙な呻《うめ》き声が聞こえ、景は思わず身をすくめていた。ただちに誰何《すいか》すべきなのに、息を殺して耳を澄ました。誰かが宅内で鍛錬《たんれん》しているのではない。そんなことをする者はいないし、そもそもそういう声ではなかった。では何をしているときの声か。それまで聞いたことがなかったくせに、予感に打たれて心の臓がどくどく脈打った。

そおっと足音を立てぬよう廊下を進んだ。寝所に近寄り、そっと覗き見た。部屋の中で影が踊っていた。明るいうちから床を敷き、その上に勢埜介が膝立ちになって、四つん這《ば》いになった誰かの尻を抱え、それへおのが腰を打ちつけていた。

景はしばし、その打擲《ちょうちゃく》するかのような動作を見つめた。ただ打ちつけているのではなく、股間《こかん》から起《た》ち上がったものを相手の体内へ挿《さ》し込んでは僅《わず》かに抜き、また挿し込むということを繰り返している。挿されている方はそうされるたび着物が乱れ、垂れ落ちた髪を左右に揺すり、押し殺したような甘い呻きを上げていた。

——女を連れ込んでいるとは。

咄嗟《とっさ》にそう信じて疑わなかった。兄弟子の勢埜介は精悍で無骨《ぶこつ》に見えて、気遣いが細やかだ。必然、女にもてる。だが浮いた話一つ聞かない。父などは、勢埜介が剣一筋であるがゆえと決めつけていたが、やはり巧みに父の目を逃れてこういうことをしていたのだ。

しかし何かが変だった。景は、尻と股間がぶつかり合うさまに釘づけとなっていた目をようやくほかへ向けた。勢埜介の相手を見た。乱れた着物が絡みついた体はしなやかだが、どこか力強い。それが鍛錬のたまものであると悟ったのは、その髪を見たときだった。

綺麗に月代《さかやき》を剃っている。

勢埜介が手を伸ばし、相手の頬にかかった髪をどけた。その横顔を見て、景は危うく声を上げげそうになった。勢埜介が挑んでいた相手は小西伊太郎だった。

——まさか念友《ねんゆう》とは。

これは男色の相手のことである。景は驚愕《きょうがく》しつつも、ますます二人に見入っていた。道場で一、二を争う者たちが睦《むつ》み合っている。勢埜介は普段よりずっと精悍に見えた。伊太郎の顔立ちの良さは知っていたが、己の髪をくわえて声を押し殺している様子は胸が苦しくなるほど妖艶《ようえん》だ。

景は、ぞくぞくするような思いを味わった。そのままずっと見ていたかった。ほどなくして勢埜介が果て、伊太郎と互いの汗を拭い合った。景はそろそろと後ろ向きに廊下を下がり、玄関で履き物をはき、外へ出た。

その間ずっと、耳元で己の鼓動が鳴り響くようだった。

しばらく己が落ち着くのを待ち、あたかも今来たばかりであるかのように中へ入った。勢埜介は着衣を整え、伊太郎は庭で井戸水を浴びていた。二人とも何食わぬ顔で景に接した。景も、何も見なかったような顔をし続けた。

だがそのとき早くも三人の間で何かが芽生えつつあった。その後、三人をとらえて放さぬことになる何かが。

景はまた見たいと願い、二人が再び睦み合うときを待った。いつそうするか、薄々察していた。門人や父はもちろん、飯炊《めした》き女や道場に出入りする薬売りなどが一切来ない日である。

ほどなくして景は願い通りのものを見た。父に告げ口しようなどとは一切思わなかった。勢埜介が伊太郎に挑み、伊太郎が勢埜介を受け入れるさまを見て、脳髄《のうずい》を灼《や》かれるような興奮と、肺腑《はいふ》をつかまれるような切なさを覚えた。

もしかすると、どちらかの男に自覚せぬ恋心を抱いていたのかもしれない。だがもはやその対象がどちらであるかわからなくなっていた。そのまま何度となく覗き見ていたら、やがて冷静になり、己の心をかえりみる余裕もできたかもしれない。

もしそのような心持ちになっていたら、何かが変わっていただろうか。

みたび覗き見をしに行ったとき、二人とも上半身を剝《む》き出しにして床の上に座ったままだった。過去二回に比べ、伊太郎の出で立ちが異なった。女物の羽織《はおり》を肩にかけており、そのせいで一瞬、景はそこに伊太郎ではなく女がいるかに思われた。

だがまぎれもなく男である伊太郎が、穏やかに声をかけた。

「どうせならこちらで見ませんか」

廊下に膝をつき、戸の隙間から覗いていた景は、驚きはしたものの、不思議とうろたえはせず、戸を開いて中へ入っていた。

床のそばに座ったとき、呆然《ぼうぜん》となる心のどこかで、こうなることを予期していた自分がいるのを感じた。二人とも最初から景が見ていることに気づいていた。景も気づかれていることに気づいていた。暗黙のうちに秘密を共有し、互いの悦《よろこ》びがどのようなものか名付けることもなく、相通《あいつう》ずるのを感じていたのである。

景は間近で、二人が愛し合うさまを見た。勢埜介が果て、汗に濡れた二人の引き締まった裸身をうっとりと眺めるうち、知らぬ間に着物の上から己の乳房《ちぶさ》を両手で押し揉むようにしていた。その様子を見た伊太郎が、また声をかけた。

「脱がせてほしいですか？」

景は息を呑んだ。勢埜介は無言のまま優しげに景を見つめている。いったいどちらに心惹《こころひ》かれ、身を差し出そうとしているのかもわからぬまま、景は喘《あえ》ぐように大きくうなずいていた。

床にいざなわれ、二人の男に着衣を剝《は》がれ、左右から責められた。蕾《つぼみ》のように身を強ばらせていた景はたちまち身も心も蕩《とろ》かされた。二人とも男しか愛せないわけではないのだ。男も女も愛せる。だがその中で互いをその相手と定め、人目を忍んで結ばれていた。

その秘密を守るため、道場主の娘を籠絡《ろうらく》しようといった感じもしなかった。巡り会った者たち同士、心惹かれ合うがままに結びついたのだ。

当然、景は乙女であった。それを最初に奪ったのは伊太郎である。たまらない痛みが、すんなりと快楽の渦に溶けていった。

それから一度は果てた勢埜介が、景に挑んだ。二人に代わる代わる優しく抱かれた。一方を受け入れているときは、他方が景の手足を撫でたり口を吸ったり、秘所に手を差し込んできて驚くほどの歓喜を与えてくれた。

——いったいこれは何なのか。

愛し合う男達の間に自分から入っていった。二人に愛されることを疑わなかった。自分が二人の男を同時に好いているのだと信じた。

以来、道場宅で人目を忍びながら睦み合うのは三人となった。一人が不在のときは、その次に三人になったとき、二人でいかにして互いを喜ばせあったかを語りながら床を共にした。

肉体を求め合う関係を意味する言葉は幾つもある。男女であれ、男同士であれ、女同士であれ。だが三人のときそれをどう呼べば良いか誰にもわからなかった。二人の男が景を共有しているわけでも、景が二人を支配しているわけでもない。

三人がこの関係に絆を感じていた。

あるいはそういう自分たちを指し示す言葉のなさが、父はもちろん、この世から決して許されぬ関係であることを雄弁に物語っているのだろう。三人ともそう感じていた。

だから、

「このまま死のうか」

事後に勢埜介がぽつりと呟く言葉に、景も二人も心慰められる思いがするのだった。

景が父の長話ののち、道場宅を訪れ、まず伊太郎と睦み合い、それから勢埜介に挑まれ、やがて三人がもつれ合って挑み合うということを長々と味わってのちも、

「そろそろ死のうかね」

勢埜介が酒の残りを口にしながら、穏やかに言ったものだった。

伊太郎が、くすりと笑った。

景はちらりと伊太郎を見た。笑ってはいるが目は限りない悲哀《ひあい》をたたえている。それが、しばらく前にあった事件のせいであると景も勢埜介もわかっていた。

とある寺町に住んでいた夫婦が、町奉行所に引っ立てられ、詮議《せんぎ》を受けるということがあった。近所の者たちの噂のせいである。女房のほうが、風呂屋にも行かず、冬も自宅で行水《ぎょうずい》をしていることから、実は男ではないか、という噂が立ったのだ。

そして事実、女房は男であった。女の姿になったのは、幼い頃からそれが自然なことだと感じられていたからだという。

むろん夫の方も、相手が女の出で立ちをした男であると知って結ばれたのである。

だが結果、夫婦ともに手鎖《てじょう》の刑を言い渡された。鉄製の手錠をかけられ、数十日間、自宅で謹慎《きんしん》させられるのである。牢に入れるほどでもないが、さりとて風俗を乱すので放置できないという結論だった。

刑を受けた者を寺町が大人しく住まわせておくわけがない。謹慎すべき自宅も失い、もはや誰も二人を夫婦としては認めず、彼らがゆきついた先は死だった。手鎖をしたまま互いを縄でくくり合って河に飛び込んだのである。

「死にましょうか」

そう言ってくすくす笑う伊太郎の胸中を、景も勢埜介も察していた。

伊太郎もまた女の出で立ちを自然と感じて育ってきた男だった。そのような男は江戸にもたまにいると伊太郎は言っていた。相手がそうと明言せずとも、なんとなく察し合うのだと。

だがそのような男は、「おんなおとこ」などと罵倒《ばとう》されるのが常だ。町奉行所はたとえ伊太郎が何の罪も犯してなくとも、その秘密を知れば、問答無用で刑を言い渡すだろう。

そういう居場所のなさ、認められなさが、強い悲嘆《ひたん》となって三人を支配したとしても、死ぬことはないはずだった。

勝手に死ねば、家が多大な迷惑を被《こうむ》ることになる。なぜ死んだのか詮索《せんさく》される。もし万一にも人目を忍んで行っていたことが露見すれば、一族全員が恥をかく。それどころか、まず間違いなく彼らがお上から咎《とが》めを受けることにもなる。

喧嘩《けんか》で死んでも、何かあえて咎めとなるようなことを受けて死んでも同じだ。守るべき家がある限り、

「理由もなく死ぬことはできない」

というのが三人の暗黙の了解だった。

そのはずであった。

ある人物の病の噂が市中でささやかれるようになったとき、全てが一変した。

将軍様である。やがてその噂を、大名のたびたびの行列が裏づけるようになった。

非常な緊迫が市中に満ち、それからしばらくして、将軍様の薨去《こうきょ》が報《しら》された。

歌舞音曲が禁じられるなど、江戸全体が喪に服す中、景が心のどこかでひそかに恐れ続け、決して深く考えないようにしていたことが、ついに起こった。

道場宅に行くや、伊太郎と勢埜介が端座《たんざ》して待っていた。

「今日、死ぬことにしたよ」

勢埜介が笑顔で告げた。

このとき景は驚かず、代わりに初めてうろたえた。そうなるかもしれないと察していた。

将軍様の訃報《ふほう》以来、たびたびお上が制止するのも構わず、腹を切る者が後を絶たなかった。

殉死追腹《じゅんしおいばら》である。若い者に多かった。主君の顔も知らぬのに腹を切る。多くは、活躍の場がない鬱憤《うっぷん》を抱えた末に、今なら家に迷惑をかけず、しかもただの自死ではなく殉死という価値ある死に方ができるという思いに駆られて死へひた走るのだった。

「私も死にます。私も死なせて下さい」

景は二人にすがりついたが、

「あなたは見届けて下さい、お景さん」

伊太郎が微笑み、

「お前は生きよ、お景」

勢埜介が口にした言葉は、固く結ばれていたはずの三人を、景と二人に分かつものだった。

景は身も世もなく泣いた。

その景へ、伊太郎と勢埜介がこれまでにないほど激しく挑んでくれた。長い睦み合いの時期を通して、景は口と女陰《にょいん》だけでなく、菊座《きくざ》でも受け入れられるようになっていた。

景は何度も、伊太郎と勢埜介を同時に受け入れた。女陰と菊座にそれぞれ突き入れてもらったのである。二人が景の中で愛し合っているようでもあった。前からも後ろからも二人に責められ、心は悲しい桃源郷《とうげんきょう》の快楽に満ち溢れた。

気づけば陶然《とうぜん》となって横たわり、伊太郎と勢埜介が最後に愛し合う様子を見つめていた。手を伸ばせば届く距離なのに、初めて覗き見ていたときより、ずっと遠くから見ているようだった。

やがてそれも終わった。伊太郎と勢埜介が水を浴びに出て行き、すぐに戻ってきた。それから三人とも着衣を整えた。誰も何も言わなかった。景の目はいつ果てるともなく涙を流し続けた。

道場の庭先で、伊太郎と勢埜介は互いに並んで座った。景は立ったまま、二人が着衣をはだけ、脇差しを抜くのを見守った。

止められなかった。

二人が腹に刃を突き立て、ためらいなくかっさばいた。

鮮やかな血の匂いが庭に満ちた。景は、同じ赤い血が己の目から流れ出しているような気がした。

腹を切っただけではすぐには死なない。せめて介錯《かいしゃく》をと痺《しび》れた頭で考えたが、そんな用意はなかった。

伊太郎が苦痛に震えながら景に微笑みかけ、それから勢埜介と目を合わせると、己の胸に刃を突き込んだ。信じがたいほどの量の血が溢れ出し、どっと前のめりに倒れて死んだ。

勢埜介が伊太郎の死を見届け、

「達者《たっしゃ》で」

景に最後の一言を遺《のこ》し、同様に自ら心《しん》の臓《ぞう》を貫いて死んだ。

「私も死にます。私も……」

二人が亡骸《なきがら》となり果てるのを見届けながら、景は涙を流してその言葉を繰り返した。

父はこの事態に衝撃を受けたが、二人が殉死したということを最大限に活用し、彼らを忠義の士として抜かりなく仕立て上げた。

その妻になるはずだった景は、あるじの同情もあって、無事に御屋敷の女剣術指南役を頂戴することになった。

御屋敷の奥では、あるじの側妾《そくしょう》であるお初《はつ》の方が、景をことのほか気に入ってくれた。

お初の方は、景が意外にも性戯《せいぎ》に長けていることを見抜き、もっぱら侍女《じじょ》や寺通いで会う僧たちを籠絡するため、景を便利に使った。

景にとって、性戯を駆使して相手を馴致《じゅんち》することは、それなりの慰めとなったが、

――二度とあのような喜びを味わうことはない。

死んだ二人のことを思うと、まったく味気なく思われるのだった。

そんな景を変えたのは、あるじの娘であった。お初の方ではないほかの側妾に産ませた娘である。お初の方はその娘を支配しようとしたが、本当に支配したのは娘のほうであり、それは景も同じだった。

――二度と味わうことはないと思っていたのに。

いつの間にか娘の差配のもと、男たちや女たちに数えきれぬほど挑まれ、伊太郎と勢埜介に責められたとき以上に激しく乱れるようになっていた。

それればかりか娘の手で直接責められるだけで、あられもなく乱れるようにすらなった。

しかも娘に対する景の思いを、あらゆる言葉が裏づけてくれた。あるじの娘は、景にとって忠義を尽くし仕えるべき存在だった。性戯を施し合う相方であった。奥での関係はそもそも世間から隠されており、互いに望む限りのことを堂々とすることができた。

そして景は、また別のものを娘から得た。

決して得られないと思っていた機会を。

御家人の男の家で、夫を殺そうとした彼女を取り押さえたとき、悲しみとともにひそかな歓喜の念があった。

あるじの娘に死罪が言い渡されることが確実となった日。

「私も死にます」

景は、己の主君に等しい娘に殉じるべく河に向かった。

御屋敷のあるじは奥の不始末の隠蔽《いんぺい》に躍起《やっき》だった。あるじ自身とその娘の件は、間違っても世に広まってはならないものである。景は、あるじから娘を取り押さえたときのことについて問い質された際、己の願いを告げた。

あるじは、景がそのようにしてのち悪評が立たぬよう約束してくれた。家に迷惑をかけることはないし、むしろ忠義に篤《あつ》い別式女として称えようとも言った。内心では自分から死んでその口を永遠に封じてくれることに感謝していたのだろう。

景は堤の上に立って脇差しを抜いた。他者に肌を見せる気はなかった。

娘の形見は己の中にあった。初めて娘を馴致したときに用いた小ぶりな張形を二つ、おのが女陰と菊座のうちにおさめ、河まで歩いてきたのである。

女陰におさめた方の張形は、娘を思い出す品として景が持っていたものであった。

他方は、娘が嫁いだときに景を思い出す品として持っていってくれたもので、娘をとらえた屋敷で見つけて持ち帰ったものである。

その二つの硬さを下腹の奥で感じながら、

「お先に参ります」

呟き、着衣の上から、腹に刃を突き立てた。

娘の死を見届けていたら、また死ねなくなるかもしれない。それが心配だった。だから一足先にゆくことを決めた。

刃が腹に潜り込む甘美な激痛に全身が震えた。筋肉が硬直しては女の力で腹を切ることができなくなる。なるべく力を抜き、てこの原理で、肌を真一文字に切り裂いた。

口中に血が溢れ出し、息が詰まるとともに、陶然となった。

あるじの娘の体香《たいこう》をかいだ気がした。

伊太郎と勢埜介に同時に抱かれた最後のときのことが鮮やかに思い出された。

景が予期したとおり、刃を抜いて心の臓に突き立てるには力が足らなかった。腹の筋肉が凝り固まって刃を抜くことができなかった。

景は河へ一歩近づいた。おびただしい血がその脚を濡らしている。その下腹に突然、激しい熱を感じたが、決して苦痛ゆえではなかった。

死を間近に感じながら、すさまじいまでの快感を覚え、たちまち絶頂を迎えていた。

「私も……死にます……」

景のおもてに笑みが浮かんだ。

さらに一歩進んだところで脚から力が抜けた。

その身は河面《かわも》に飲み込まれ、景の意識と命は限りない歓喜とともに極楽《ごくらく》の闇へ溶けて消えた。

―初出―

「咲乱れ引廻しの花道」「小説現代」二〇一七年十一月号

「香華灯明、地獄の道連れ」「小説現代」二〇一八年三月号

「別式女、追腹始末」書き下ろし

冲方丁（うぶかた・とう）

1977年岐阜県生まれ。1996年『黒い季節』で第1回スニーカー大賞金賞を受賞しデビュー。2003年『マルドゥック・スクランブル』で第24回日本SF大賞受賞。2010年『天地明察』で第31回吉川英治文学新人賞、第7回本屋大賞、第7回北東文芸賞、第4回舟橋聖一文学賞を受賞。2012年『光圀伝』で第3回山田風太郎賞を受賞。近刊に『戦の国』などがある。

破《は》蕾《らい》

二〇一八年七月三十日　第一刷発行

著者　冲方《うぶかた》丁《とう》

発行者　渡瀬昌彦

発行所　株式会社講談社
東京都文京区音羽二－一二－二一　〒一一二－八〇〇一
電話　出版　〇三－五三九五－三五〇五
販売　〇三－五三九五－五八一七
業務　〇三－五三九五－三六一五

本文印刷　豊国印刷株式会社

付物印刷　凸版印刷株式会社

製本所　株式会社国宝社

定価はカバーに表示してあります。

ISBN978-4-06-512242-6
N.D.C.913　190p　20cm